회의를 진행하는 김광자 회장님

김의식의 감사보고와 하모니카 연주의 열연

서영숙 총무의 경과보고   축하 화한

●●● 미래시시인회 정기총회 ●●●

손해일, 국제펜한국본부 부이사장 축사

정기총회 및 출판기념회를 마치고 기념촬영

●●● 미래시시인회 정기총회 이모저모 ●●●

시
낭
송

김영은

김규은

김정원

임병호(국제펜한국본부 부이사장)

임화지

임보선

정재순

●●● 미래시 부산 해운대 동백시화걸이전 ●●●

시화걸이 오픈 컷팅식

김광자 회장 인사말

해운대구청장 대독 관계자 축사

시화전 컷팅식을 마치고 누리마루를 배경으로

김현지 고문 축사   시낭송 / 진진 시인

시화 감상중인 관광객들

●●● 미래시 부산 해운대 동백시화걸이전 ●●●

●●● 미래시 동백시화걸이 모음 ●●●

겨울 해운대

신혼여행 3

해운대 동백꽃

차의 향기

13월의 봄

그녀석의 눈 속에는 늘 바다가 있다

아내는 하느님

길

파도

내부자들, 다락방의 목소리

바람

발을 씻겨준다

고향 풍경은
커피향의 추억거리

미래시 시인회 사화집
제37집

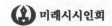 미래시시인회

50년, 반세기를 바라보는 미래시시인회 사화집 탈바꿈으로

미래시시인회 회장 **김 광 자**

미래시시인회의 40여년의 역사를 안고 사화집 37집을 출간한다. 타 문예지 출신의 시조, 시인들의 모임에 비하면 《月刊文學》출신인 미래시시인회는 가장 오랫동안 맥을 이어오고 있다. 그만큼 해마다 사화집을 출간해온 시인회도 드물다.

미래시시인회 회원은 문예기관지인 《월간문학》이라는 관문을 통과한 등단시인들이다. 추천에 의한 등단이 아닌 시험을 치듯 응모에서 탄생된 등단이기 때문이다. 이러한 선배들의 시문학정신을 잇는 것이 반세기를 바라보는 미래가 되었다. 본회의 회원들은 전국 각지에 흩어져 있어 촛불을 모으듯 옥고를 받아 만든 사화집이기에 해마다 감회가 새롭다.

한 가문의 형제 같은 모임은 낭송회, 문학기행 등 시와 음악을 함께하는 행사들이었다. 그런 가운데 우리 미래 시를 위한 홍보와 위상이 무엇일까를 연구한 것이 회원들의 작품 시화전시회였다. 지난 6월에 부산해운대 동백 섬에서 〈미래시시인회, 야회 詩畵展〉 詩결이 전시를 한 달 동안 펼쳤다.

시화작품 설치를 시작 하자 국내외 관광객들이 걸음을 멈추고 감상하였다. 외국관광객들에게는 가이드가 작품들을 번역해주기도 하였고 특히 재일 교포들은 시화작품을 보고 이해하였다는 감동을 남기기도 했다. 〈시화출품 소책자〉도 만들어 독자들에게 배부하였고 관할 구청에서는 축사, 축하를 하며 참석해 주었다. 동백섬에는 국내외 관광객, 운동을 하는 사람들로 하루에 수천 명이 넘는 발길이 끊이지 않는 곳이기에 시화전은 성황리의 대성공이었다. 우중에 우산을 쓰고 샅샅이 읽는 사람들 모습에서 우리 미래시시인회는 독자들로 하여금 등불로 밝혀짐으로 상당한 효과였다.

이에 발맞추어 명문가의 명맥을 잇기 위해《월간문학》으로 등단한 시조, 시인들 영입에 더욱 힘써야 할 때가 되었다. 2015~16년에 4명(권경식, 임화지, 임백령, 박태순)이 가입되어 진심으로 축하한다. 선배들의 연세로 인하여 회원이 배가되어야겠다. 전통을 잇는 미래시시인회라는 의미에서 2년 전 자처해서 회장 임무를 맡았다. 어느 단체든 회장 임무 수행은 수월하진 않지만 행사를 치르려면 그 어려움은 예외는 아니었다. 이런 가운데 회원, 선후배와 고문님들의 격려와 신뢰에서 위안이 된 감동은 미래시시인회에 대한 추억으로 남을 것이다. 특히 와병을 털고 적극 참여해주신 김현지 전직 회장님(식사 협찬

등), 해운대 구청으로부터 전시장소 제공, BNK부산은행, 신태양건설(박상호 시인), 손해일 국제펜클럽 한국본부 부이사장님의 협조, 협찬의 고마움을 본회에 새겨본다.

사화집 37집을 출간하니 회장이라는 직분과 임무를 마감하는 순간에 섰다. 초심의 계획대로 미련 없을 봉사라는 생각에서 사화집부터 편집을 개편했다. 활동사진을 컬러판으로 게재, 회원의 시해설, 특집, 회칙개정, 새주소 및 메일 재정리, 회원들에게 원고료 지면확보, 외부 기업체 광고스폰서, 야외 시화전, 문학기행 등을 했다.

또한 모지인 〈月刊文學〉에 제37집 사화집 광고 게재까지, 미래시시인회의 존재를 널리 홍보 하였다. 짧고도 길었던 2년 동안 내 친정, 명문가의 '종가며느리' 라는 자긍심에서 맡은바 한 역할을 걸게 해보겠다는 취임 때 약속을 나름대로 실천했다. 즉 문학시대의 변모 흐름에 따라 고정 틀을 깨고 미래지향적인 새로운 미래시시인회를 만든다는 자부심에서였다.

이제 돌아보니 그 자부심의 뒤에는 못 펼친 것에 대한 부족함도 비춰졌다. 이 채우지 못한 부족함과 아쉬움은 계속 회원들의 협조와 차기 회장단, 집행부가 이를 거울삼아 더욱 발전시키리라 믿는다. 2년 동안 원고와 행사에 참여, 협조 해주신 회원님들께 고마움을 전하며 이렇게 권두언에 임기 마감 인사를 새긴다.

회원 여러분! 참 고마웠습니다. 미래시시인회 회원님들! 문운을 짐심으로 祈願합니다. 모두 건안 하십시다. 고맙습니다.

제17대 회장 김광자 올림.

고향풍경은 커피향의 추억거리

미래시 시인회 사화집
제37집

발간사 / 김광자

특 집 / 동백시화전

미래시의 시인들

해운대 동백시화전

나무 밑에는 몸이 굽으신 어머니 바다가 있다

권 경 식

영혼을 찢어놓은 말, 말, 말로 어머니의 산으로 가고 있다
수채골 지리 샘꽃 마을 늙으신 어머니가 있는 시어로 간다
태초의 늙은 은행나무가 잎을 다 떨구어 놓은 곳이다
이 거대한 죽음이 늘 어머니가 고개 숙여 서 있는 곳
최초의 모신, 처녀의 대지에 바다가 있었다
가자, 파도야! 바다로,
죽어도 죽지 않는
더 큰 생명의 수레바퀴 아래로
보이지 않는다고 물비린내가 나지 않을까마는
시어詩漁가 된 너와 함께 샘꽃 마을로 가고 있는 나
광대한 바다가 파도를 품고
우리의 영혼이 우주와 연결된 나의 마음을 담아낸
문어文漁와 함께
비늘의 값어치가 된 시어詩漁
순수한 영혼, 아직 캐내지 않은
너와 내가 자주 드나드는 그곳에서
햇살 속의 먼지처럼, 생명
태-줄은 역사의 시꽃을 피운다
서로 배를 낳느니
꿈꾸며 반짝이느니

수련睡蓮

권 분 자

왜 저수지 옆 식당이 붐빌까

남자도 여자도 꽃

그들이 흘리고 있는 '사랑해' 라는 말

획이 부드러운 물이 받쳐 들고 있기 때문일까

글자의 어깨에 기댄 햇살이

한가롭게 떠다니기라도 한다면

메시지는 비밀을 지키자는 약속일 것

먼먼 날이어도 괜찮을 내 사랑

떠난 남자가 흘리고 간 손수건은

곧 사라질 예언을 눌러 쓴 꽃으로

수면 위에 손수건 되어 일렁거리겠지

동백섬 인어人魚
- 황옥공주 전설

雪津　김 광 자

1

처음 하늘 열리고 땅 굳을 적 해운대「無窮」이라는 나라 있었네 하늘에서 상자 하나 내렸었는데 그 속에 황금알 들어 있었네 십여 일 지나 알 속에서 무궁왕이 나왔는데 하늘 은혜 입었다고 은혜왕恩惠王이라 하였다네 그래서 왕비감 역시 하늘 향해 소원했네

2

그때 멀리「나란다」* 나라에 첫 공주가 태어나 외가인「수정국水晶國」*에 이름을 지어 와야 했네 물속의 수정국 사람들 몸 아래는 지느러미 다리여서 속옷 깊이 오래도록 감추고 살았네

3

아기공주 이름 받을 거북사신 보냈는데 그 거북 용왕의 병 고치려던 토끼 잡아 놓친 일 있어 수정국에 쫓겨 난 거북(별주부)였다네 수정국 대왕대비 아기 이름 '황옥공주' 라 지어 거북에게 주어 돌아가게 했으나 거북은 황옥공주를 애모하게 되어 바다로 돌아갈 일 잃어버리고 지금도 동백섬 맴돌고 있다네

4

황옥공주 무럭무럭 연꽃처럼 자라 부모의 꿈 그대로 은혜왕을 신랑으로 맞아 나란다국 인어공주, 황옥왕비로 가례 올리고 화려한 궁궐에서 무궁토록 행복하니 그 궁궐 거북섬, 동백섬일세

5

황옥공주 시집 갈 때 외할머니 이른 귀엣말대로 왕비 되어 첩첩이 감은 속치마 벗어 산신령께 바치니 서산녁 놀이 찬란하게 빛나더니 홀연히 바람기둥 휘말려가서 지느러미 사라지고 옥같은 발 나타났네

6

황옥왕비 황옥공주로 변신하여 바다 속 노니는데 동백섬 앞바다, 거북섬 둘레 인어공주, 황옥공주 아직 살아 지금도 황옥 든 손에 해운대 달 띄워 수정국 친정을 비춰보네.

*나란다: 대마도로 추측이 되는 전설의 나라
*水晶國: 물속에 있었다는 전설의 나라

희망에게

김 규 은

배냇짓 아장 걸음 지나
어엿한 발자국 5살 우리 희망아
또렷한 목소리로 세상을 말하며
깨달아 담아야 할
어깨의 가방이 몸보다 크구나
말로써 뜻을 새기어
만방에 전하는 일 사명이리니
저 많은 사람〔人〕들의 말〔言〕 중에
너의 말, 진실로 믿음〔信〕이 가는 것은
공평한 어조 햇살인 듯 달빛인 듯
속속들이 비추어 주는 까닭임을 안다
지금도 도처의 가슴 가슴마다,
긴 철조망 너머 옥죄는 마음에도,
떠도는 난민의 어린 눈망울에도,
그대의 말 빛이 되나니 길이 되나니
희망아 우리들의 희망아
혈행 맑고 분명한 너의 목소리
때로는 목젖 아린 위로와 축복까지
우리가 믿는 것은 그대들의 가슴에서 발아한
새 순 같은 언어임을 잊지 말아라
희망아, 우리들의 희망아.

민들레

김 만 복

무심코 지나치다 뒤돌아보면
딱딱한 아스팔트 틈 사이
티눈처럼 박혀
서럽게 피어난 4월의 민들레
납작하게 쪼그리고 앉아
노오란 웃음꽃 피운다
누구나 꽃피우기 쉬운
일상의 울을 훌쩍 떠나
생각의 틈새에서
남루한 인식의 벽을 뚫고
봄의 느낌표로
싱싱하게 솟아오르는 너는
비로소
한 편의 시가 되고
꽃이 된다

섬에게

김 미 윤

그대 깊은 곳 헤집어

눈 시린 속살에

꽃 보다 환한 얼굴로

해조음을 두드리다

바람 불어 헹궈내는

물너울 그 서툰 사랑

장바구니

김 정 원

하늘 흐려도 바구니 들면
나는야 정을 담고
우리집 식구 기쁨을 사러
시장에 간다네

남 따라 덩달아
덤으로 묻어 온 욕심
꽃집 앞에서
화평을 기웃거리네

비닐하우스 같은
오늘의 가슴에
딸기는 매양
빨갛게 웃어주네

풀꽃으로 우리 흔들릴지라도

김 현 숙

우리가 오늘 비탈에 서서
바로 가누기 힘들지라도
햇빛과 바람 이 세상 맛을
온몸에 듬뿍 묻히고 살기는
저 거목과 마찬가지 아니랴

우리가 오늘 비탈에 서서
낮은 몸끼리 어울릴지라도
기쁨과 슬픔 이 세상 이치를
온 가슴에 골고루 적시며 살기는
저 우뚝한 산과 무엇이 다르랴

이 우주에 한 점
지워질 듯 지워질 듯
찍혀있다 해도

그늘 한 평

김 현 지

천년 그늘이 되거라 하고
느티 한 그루 심는다

산 아래 나무집 한 채
그 아래 멀찍이
골짜기 아래로 뿌리 두고
어제 없던 그늘 한 평
해 아래 세운다

나 하나 가고 없어도
오래 오래
누군가의 그늘이
되거라, 하고

째보 선창

박 태 순

저녁을 먹자하는 보리마당 봉수대
산등성 간판 없는 구멍가게에 자리 잡았다
슬레이트와 함석지붕들 첩첩 쌓인
산등선 길섶에 걸터앉아
바다를 굽어보며 이야기꽃을 피우는 째보 김선장
미로처럼
구불구불한 낮은 지붕 사이로 깔끄막 길
옹기종기 여인들 말소리에서 삶의 주름살을 편다
울뫼나루 걸어 후미진 곳
옛 이야기 보따리 끌러 놓고
막걸리에 닭발 노두부침으로 거나한 주안상은
멀리 바라보이는 째보 선창의 추억이었다
멀리 방파제 넘어오는 파도 풍류를 읊고
바다가 실어오는 여객선 뱃머리
와자지껄한 귀향의 소리들
째보선창 저녁 막걸리 섞어 들이킨다.

겨울 해운대

박 찬 송

사람들의 발자국이 남아있는 해변
마치 여자의 알몸과 같았다
세상의 끝자락에 모로 누워 파도를 밀어내고
낯선 사람들이 허리에 성을 쌓으면
제 삶에 모래성은 없다는 듯 지우는 그녀
꿈같은 황홀과 흥분
바닷물 같은 현실로 씻어야 삶이 된다는 듯
바위를 깎아 몸에 적멸보궁 한 채 짓고
그리운 이의 발자국에 바다를 담는다
달맞이 고개 넘어오는 달빛에
빳빳하게 거시기를 세운 고층건물들
하나 둘 목 뺀 그림자 시켜 무릎을 꿇으면
멍석처럼 속살을 펴 처얼썩 파도를 막는 그녀
반항하는 세상은 썰물처럼 도망을 가
심하게 흰 그녀의 늑골에 달빛이 내려온다
나는 밤이 깊은 줄 모르고 그녀 몸속을 서성거리고,

신혼여행 3

서 영 숙

말랑말랑한 시간들을 주물러 봅니다.

사랑시위 후유증을 앓다가
가난을 끌어안고
세월의 바리게이트를 밀쳐 버렸어요.

애哀 하나 낳은 일 없다고 시침 뚝 떼니
창 밖 자귀나무 킬킬거리고
빈혈을 앓던 가을 햇살은
바람꽃 한 줌 구겨 넣자 하네요.

깨진 말들이 고막에 부딪쳐 와요.
시린 옆모습들은
으르렁거리던 어제를 부려 놓고
있어도 있지 않은
없어도 없지 않은
그런 저런 우리 사이

더듬이로 불빛 모아
샘물 젖은 새벽을 향해 한 발
한 발 내딛어요.

눈빛 곤두세우고 온 세상 흥정하며
지금 우리 애愛 만들러 가요.
풍선 바람 가득 싣고요.

해운대 동백꽃

신 옥 철

명문가 규수로 사는 그녀는
윤기 나는 피부를 위해 씻고 또 씻고
옷깃엔 집에서도 풀 먹여 **빳빳**이 날 세워 입어야 하고
잎새에 찾아오는 바람에도 쉬 흔들려서는 아니된다
소혜왕후의 3권 4책 내훈內訓에 매어
사시사철 맞춤 정장 같은 미소로
마네킹처럼 서 있어야 한다지
절정의 순간
해풍으로 밀려오는 깨달음
그녀, 통꽃으로 와르르 무너진다

동백섬에 가면, 땅에 떨어져서도 매무새 망가질까 긴장
하는 답답한 맹추가 있다. 애처로워 바라보면 되려 날
걱정한다. 명품 하나 없이 아무렇지 않은 난, 아스팔트에
구르는 그녀에게도 참 딱한 족속인가 보다.

차의 향기

양 은 순

봄의 옷을 입고
우리를 위해
새순으로 솟아오르는
순정의 그날

여름의 뇌성벽력도
가을의 찬서리도
겨울의 눈보라도
생명을 껴안고 견디는 것은
너를 향한 그리움 하나

13월의 봄

임 보 선

삶이 허전할 때
삶이 버거울 때
나는 헤맸다
불어오는 바람 앞에
차마 입 한번 떼지 못하고

천지사방 둘러봐도
기댈 곳 하나 없는
어리석고 무력한 절벽 끝에서

외롭다 그립다
허영이고 사치일 뿐
기적도 한마당
야단치고 돌아갔다

목이 쉬도록 울었지만
눈물 닦아 줄 이도
파고들 가슴 하나 없는
현실은 12월

흔들리고 쓰러지고
무너지고 일어서는데
콘크리트 바다
전신주 기둥 틈새
바늘 같은 풀꽃 하나
실 같은 소리로

봄이 오는 중이라고
13월의 봄이 !
13월의 봄이 !

그 녀석의 눈 속에는 늘 바다가 있다

임 화 지

어리석고 큰 눈 속에는 바다가 들어와 출렁거렸다
워낭이 딸랑거릴 때마다
파란 슬픔이 안개처럼 피어올랐다

동해바다가 한눈에 펼쳐지는
외삼촌댁에 갔을 때 나의 첫인사
"이런 기막힌 조망에 왜 외양간을 지었어요"
"바다가 뭐가 그리 좋다고..." 하며 말끝을 흐리는
얼굴 위로 저승사자 같은 검은 미소가 스쳐갔다

몇 대를 이어 온 어부의 가계보
태풍이 부는 날이면
환청에 시달려 눕기까지 했던 엄마
후~유 긴 한숨 끝에
"참 많이도 잡아 잡수셨네"
뇌리에 꽂히는
퍼즐의 한 조각을 찾는 순간
바다에 대한 나의 낭만을
깡그리 불태워 버렸다

평생 바위 같은 트라우마를
가슴에 안고 살았던 삼촌
그해 겨울
바다가 보이지 않는 산비알에
작은 바위로 묻혔다

아내는 하느님

정 성 수

작은 하느님이시다, 눈 맑은 나의 아내는
손가락에도 열 개의 눈이 달렸다

한때는 초록 지구 위에
나를 낳더니

하영이와 병화를
소리치게 하더니

이제는 수없이
눈을 뜨게 하는구나

손가락의 눈으로
흙의 속살 들여다보고

허공에
첫사랑 같은 찻잔을 밥그릇을 항아리를
낳는구나

눈이 큰 아내는
지구의 하느님

달 보고 해 보고 별을 보고
달보다 해보다 별보다도 큰

저 우주를 다 담고도 다시 넘치는
이 세상에서 가장 큰 항아리를 빚는구나!

길

정 재 희

기인 느낌표 하나
모를 물음표 끌며

영원을 살라 매일 떠오르는 태양

파도

조 명 선

위험스런

광녀의 깔깔대는 관능이다

뜨겁게

밟고 가는 절묘한 떨림이다

환장할!

오르가슴의

숨 막히는 간통현장

내부자들, 다락방의 목소리
—Who am I ? · 6

진　진

바다를 바라본다. 동백섬 앞에서 소리쳐 우는 바다를
바라본다. 어제의 그 에메랄드빛 바다가 아닌
우렁우렁 온몸으로 우는
바다, 푸르딩딩한
어머니의 울음인 듯 내 울음인 듯
어느 미친 여자의 울부짖음인 듯
가슴팍을 쥐어뜯으며
길길이 날뛰며
하얗게 하이얗게 부서져 내리며
우렁우렁 온몸으로 우는
그녀, 에메랄드빛 보다
더 매혹적인
그 울음은
나에게 무엇을 말하고 있나?
길길이 날뛰는 어머니, 아니
나는
나에게 무엇을 말하고 있나?

바람

채 수 영

언제나 바쁜 척 분주하지만
우리집 마당 꽃잎에 와서는
푸른 놀이와 향기에 시간을 잊고
이리 가고 저리 가느라
땀을 흘리더니
아차차! 어둠이 오니
어머니에게 혼날까
빨리 집으로 가느라
온 세상을 거꾸로
뒤흔들리고 요란했는데
화안한 불빛이 손을 잡아
꾸중을 면했네요

발을 씻겨준다

허 형 만

시인들 모임에서 밤늦게 들어와
두 발을 씻겨준다
오늘 하루
눈도 코도 입도 귀도 수고했지만
특히 두 발의 수고는 참으로 고마워서
따뜻한 물로 정성껏 씻겨준다
오늘 하루도 동행하느라 애썼다고.
이미 날이 어두워진지 오래니 편히 쉬라고.

미래시의 시인들

권경식
권분자
김광자
김규은
김만복
김미윤
김정원
김현숙
김현지
박태순
박찬송
서영숙
신옥철
임보선
임백령
임화지
이상인
정성수
정재희
정형택
조명선
진 진

권 경 식

애인 기다림
봉선화
주상절리 그 에움길에 서서

권경식 《월간문학》 등단. 《문학세계》 신인문학상. T.S 엘리엇 탄신 기념문학상.
한국문인협회, 경남문인협회, 경남시인협회 회원. 시집 『도시의 가면』

애인 기다림

구석진 습지에서 웅크리고 있는 당신을 보면
나의 마지막 여행은 흔들리고 있는 당신에게 가는 것

어둠 속으로 떠밀려 본 사람은 등이 시리다는 것을
외로움을 극한으로 달려 본 사람은 그리움이라는 것을
에로스를 그리워하는 타나토스가 욕망을 알 듯
소멸을 향한 이 들끓는 열정과 외로움 사이에
나의 첫 여행지 국경-꽃이 있다는 것을
보지 않으면서도 서러움을 보고
듣지 않으면서도 아픔을 듣고
말하지 않으면서도 말하는
그 헐거워진 그 자리
아름답고도 슬픈 멍울-꽃이 있다는 것을
당신이
문 열기까지
안주하는 포기는 사라진다는 것을
스스로 욕구에 차
기다리지 못할 때
창밖으로 찾아오지 않는다는 것을
생명의 바람이
바람의 언덕 위로 스쳐 지날 때
문 열리는, 스친 옷깃의 만남
그 순간마다 애인 그리워하고 있다는 것을

찰나로 꽃 피는 소리
마주침에 따라 지나칠 수도
만날 수도 있다는 것을
이 또한 천지개벽이며 지나가리라는 것을

바람의 언덕에서는 늘 꽃이 흔들리며
애인을 기다리고 있다
국경수비대처럼.

봉선화

괄호 속에서 미쳤듯이
나누어지지 않을 나눔이
첫 페이지에 그인 그는
배반당한 동사에도, 쓰러지지 않고
검은빛, 검은 눈물
잃어버린 목소리 상처로
생명의 운명처럼
바닥 사이 갈가리 찢긴
틈에 끼워져서도 그는 붉은색보다 붉다
후미진 구석에서 시간이 올
침묵의 보호 속에서, 뿌리가 상처 나도
잠에서조차 꿈을 꾼 적이 없다
추방된 몸, 엉뚱한 고삐에 틀어박혀
해 묶은 몸을 풀어주지 않던 거기서부터,
한 걸음의 행보는 가볍게 흩어진
안개가 사라지는 순간처럼
내 것이 아닌 것을 잃어버린 나
피도 없이, 눈물도 없이, 살도 없이
뒤편에 서서, 또 하나의 앞에 서서
그는 붉게 벗었다
틈 사이에서

주상절리, 그 에움길에 서서

세월의 주름살 같은 주상절리에
하얀 영혼이 포슬포슬 날리는 포말을
바라보는 한 그루 푸른 소나무
또 하나의 세한도로 당신의 숨결을 느끼며
나 또한 살아있음을 느낄 때
시계는 둥글게 돌아갔고
그는 무겁게 직선으로만 걸어갔다
시간은 반복하여 역사적 미래를 낳았지만
그는 직진으로만 선을 남겼다

당신에게로 가지 않으려고
비틀거리며 버티며
미친 듯 달렸던
그 무수한 길도
솔직하게 당신에게로 향했던 길,
회귀로 사라진
배반한 삶도 지름길을 돌아
돌아서 지금
에움길에 서있는 나를 본다

당신이 그리움이었을,
내 곁에 함께 하고 싶었을, 그때
당신을 다시
불러오고 싶다

권분자

벗꽃사랑
인형
경로잔치

권분자 《월간문학》 등단. 한국문인협회, 저서 『너는 시원하지만 나는 불쾌해』

벚꽃사랑

몇 년 전 벚꽃에게 홀린 병, 올해 핀 벚꽃에게 치료비
청구하려다 아뿔싸! 도로 갖다 바쳤다. 그래서 나는 봄
내내 울화병 깊어졌다. 내 사랑은 대상조차 묘연해졌다.
깊었던 만큼 외로움도 깊어졌다 말해야 하나. 사랑한다
함부로 쏟아낸 말 때문에 거뭇하게 몸통 더 그을렸다.

인형

무명한복 갈래머리 코고무신
나는 언제나 소녀를 꿈꾸는데
어디서 방부제 냄새가 난다

며칠째 불면인 내 머리맡에
유리 덮개의 시간에 갇힌 저 여자
실눈 뜨고 무수히 발길질한다

폭탄세일 매장 귀퉁이에서
파마머리로 뽀글거리다가
달동네 오르는 내 뱃살이 무거울 때
코를 벌름거리며 골목길 지나온
내 장바구니를 살핀다

내 삶의 흔적 훤히 알고 있는 여자 앞에서
체온을 잃지 않고 살아보려 애쓰는 내게
구겨진 옷섶 파삭한 몸짓 그녀는
정강이 찢긴 나를 기워주고 싶었는지
바늘쌈지 꺼내들고 다가온다

오늘은 저 여자
발효하는 우주 속에 잠들어버린 나를
끊임없이 흔들어 깨우려 한다

경로잔치

늦가을 울타리에
층층 내걸린 박주가리
시량리 마을 노인들 얼굴이다

한때 이웃이란 이름으로 찍은
흐린 흑백사진에서는
절대 신비주의일 수 없는
깊은 친밀감이 새겨져있다

몽상가의 얼굴 통점을 읽어내던 모래바람이
울타리에 휘갈겨놓은 유창한 필체를
뜨겁게 사랑한 체취를
달가닥달가닥 흔들다가 돌아가는

우르르 저 바람들

雪津 김 광 자

峋冬내기
역방향
봄날은 또 가고

김광자 《월간문학》 등단. 미래시시인회 회장. 사)부산시인협회 前. 이사장. 사)한국
해양문학가부회장. 사)한국문인협회 이사. 국제펜한국본부 이사 및 기획위원장. 한국
시협기획위원. 한국여성문학회 이사. 부산문인협회 홍보이사. 해운대문인회 고문. 정
과정문학상 운영위원. 시집 『그리움의 美學』 '15(세종우수도서 선정) 등 10권. 윤동
주문학상. 203.대한민국향토문학상. 부산시인협회상. 부산문학상. 설송문학상. 바다문
학상. 해운대문학상. 동포문학상 등 수상.

峋冬내기*

봄동아!
채마밭에서
시덥잖다고 겨울 소박맞더니
눈뭉치 받쳐 들고
눈〔雪〕구멍으로 햇살을 쬐더니만
초록만장滿場 땅뙈기 펼쳤구나

긴 한뎃잠 춥고 배고푼 허기를
눈덩이 집어 먹은 겨울 빛
땅 기름 윤기 자르르한 봄기운에
네 뺨을 치던 칼바람도
비탈길 툴툴 털고 일어서는
순동峋冬아!
봄동아!

채마밭 천덕꾸러기로
내쳐진 봄동아!
너만큼 설한을 겪어낸
섦은 맛도
봄맛 나는 푸성귀가 다시없더라.

* 峋冬(순동)내기: 모진 겨울을 겪어낸 것이란 뜻으로(봄동, 봄밭에 납
  작한 햇 배추를 말함)

역방향

상행선 기차를 탔다
가족석 역방향에 두 다리를 뻗었다
다리에 감겼던 시간이 실타래처럼 풀려지자
차창 밖의 풍경이 넉넉했다
순방향만 쫓았던 미래
시계를 끌러 시침도 역방향으로 돌려 찼다
급할 것 없다
쉬엄쉬엄 산다고 인생에 탈락은 없는 것
이름 석 자는 본전으로 남을 것이다
생소한 곳들이 따라붙고 역방향 필름이 펼쳐주는
영상 파노라마는 관조적인 사색 거리 일 때 갑자기
미묘한 전율이 삐걱거리며 멀미가 났다
기차를 급정거해 주었으면 하는 것도 역방향이라 접었다
오산, 평택, 서정리 어디쯤
공동묘지가 있었던 기억이 서정리를 통과하자
황폐한 생각이 들었다
황폐해지는 생각들에게 얼른 기름을 발라 주었다
윤기가 자르르 했다
역방향 풍경이 다시 빛났다
어제 산 신발도 빤짝빤짝 웃고 있었다
윤이 난다는 것은 과거가 흐뭇하다는 표정이다
기차가 기적을 울리며 산모롱이를 돌자

터널은 기적을 빨아들이는 신음이 길었다 곧 끊어졌다
고향 같은 풍경을 주머니에 넣고
다시 꺼내보기란 은밀한 커피향의 추억거리다
서울역을 도착할 즈음 두 다리는 잔뜩 부아가 나 있었다
조였던 시간이 고통을 호소했다
통풍앓이에서 붉은 신호등이 켜진 것이다
급히 병원을 찾기보다 신호등을 파랗게 바꾸기로
하행선 순방향을 예약했다.

봄날은 또 가고

그때 봄날이었지

언니의 사춘기가 무르익을 무렵이었지
진달래 꽃망울 트고
초경이 터지는 날
달빛은 선지 핏빛이었지
오!
초경에 물든 벚꽃잎 낙화여

그 신선한 충격, 오랜 봄

쿵덕거리는 가슴 죄짓듯 들킬까
앙금발걸음으로
'엄마! 이게 뭐야? 어쩌면 좋누!
천지개벽한 봄날은 마냥이었지

쉰 번째 오는 봄
마중을 오래 오래 손짓하는 이별
첫사랑 못 잊는 폐경
그렇게 봄날은 또 가고.

김 규 은

순천만의 5월
바다에 와서 2
팽나무 그 그늘

김규은 1991년 《월간문학》 신인상 등단. 한국여성문학인회 이사. 미래시시인
회 회장 역임. 전 KBS 아나운서. 시집 『냉과리의 노래』 외.

순천만의 5월

이 나라 끝자락
순천만의 오월은 밝아
물속의 반점들
소만에 이르러 푸르게 차오른다
새 아기의 볼기 몽고반점처럼
배밀이로 웃고 있는 푸른 반점들

끝자락 마무리의 마침표가 아니고
잠시 쉬어 가는 쉼표일 것이다
성큼성큼 짚어갈 보폭 푸른 활보
물속의 징검풀로 길이 되면서
원심의 테두리로 푸른 물 풀면서
잠시의 쉼표, 길을 내면서……

바다에 와서 2

몽돌을 줍는다
레이스 받침 분청사기 사발에
돌절구 물망초랑 친구 삼아
호강시켜 줄게
골라 줍다가
바닷내 그리워 말라 버릴
돌의 탈진 보이는 듯
그 자리에 내려놓는다

놀란 가슴 사글사글 사글사글
저희끼리 쓰다듬어 살 비비는 소리 물소리
하마터면 너희도
이산의 슬픔으로 지새울 뻔했구나
선 자리 빛나는 이름
어여쁘고 귀하다 절하며 간다.

팽나무 그 그늘

문득
갈 바 몰라 머뭇거릴 때
하고 싶은 말 되삼켜 목젖 아플 때
내게 오라

뒤란의 연지꽃 어여삐 피는지
팽나무 빨간 알알 마음껏 줍고 싶은
느림보 민달팽이 내 등 밀며 따라오던
거기

송사리 물풀 속에
둥지 속 새알 같이
와서, 강보에 안긴 듯 하늘을 보아라

먼 환청 이름 부르는 듯
귓볼 스치는 바람
민달팽이 진땀 흘려 내 등 밀며
따라오던 거기.

김 만 복

처용의 바다
계화도
목련

김만복 2011년 《월간문학》 등단. 영대문화상, 시흥문학상, 환경문학제 대상 수상. 현 우신고등학교 교장.

처용의 바다

어둠 속에서 더욱 선명해지는
욕망의 바다
비워졌다 차오르는
감정의 갈피를 잠재우며
절망을 되새김질하던
아랍의 파란 눈동자를 한 사내가
하염없이 칼국수처럼 풀어지고 있었다
오늘도 달은 밝아
발가벗은 어둠이 달을 집어삼키듯
저려오는 가슴을 파고들 때
지문을 남기지 않는 빗소리는
집요하고도 촘촘했다
시치미를 뚝 뗀 채
주섬주섬 욕정의 옷자락을 펄럭이고
구불구불 길을 내며 너는
바람처럼 사라졌다
너는 내 의식의 행간에 살았던
도플갱어였을까
대열에서 이탈한 굶주린 짐승처럼
너는 나를 모질게 끌고 다니다
단단한 뼈만 남게 했다

자폐증을 앓으며 식음을 전폐했고
침묵으로 허락했던 긴 울음은
견딜 수 없는 무게만큼
생의 가지를 흔들다
이제야 가쁜 숨을 내려놓았다
화석이 되어버린 한 사내가
문득 내 뒤를 따라 온다
지독한 패러독스였다

계화도

아즈텍 신전을 적시던 목마른 문명의 비는
호주머니 속 달그락거리던 꿈들을 짓밟고
마침내 쥐라기의 싸늘한 화석으로 굳어갔다
낙타의 혹 속엔 열사의 바람으로 떠돌며
안간힘쓰던 긴 기다림이 얼마나 고여 있을까
개어지지 않는 생의 페이지를 넘기면
맨발로 걸어온 길이 단단한 침묵으로 누워 있다
손 안 닿는 숭숭 구멍 난 하늘그물엔
한평생 돌아눕지도 못한 전어 몇 마리
낮달처럼 걸려 쭈그리고 앉아
흰 머리카락 같은 세월을 세고 있다
어느덧 시화호의 추락하던 전설을
까마득히 망각한 채
새만금이라는 서러운 말뚝을
또다시 가슴에 박아
바다의 만리장성이라 칭송하는
질곡의 역사 앞에
그 어떤 위무의 문장으로도
서늘히 응고되어 버린
너의 시린 눈동자를 읽을 수는 없다
포플린의 차가운 천을 두른 해안선에
홀로 어둠의 닻이 내린다

오랜 고뇌가 판화처럼 촘촘히 박혀버린 뻘밭
스스로 감당할 수 없는 삶의 무게로
그레질하다 눈시울 붉히는 아낙의 텅 빈 가슴속에
오늘도 희뿌연 해무 저리도 자욱하여
서걱서걱 비를 뿌리는구나

목련

일찍 눈을 뜨는 남쪽 바다
초록바람에 실려 온
애틋한 그대의 꽃물편지
초조初潮의 긴 기다림과 설레임으로
수줍어 얼굴 붉히다 돌아서는
가녀린 너의 모습
하늘하늘 봄볕을 밟고 와
하얀 블라우스 속
봉긋하게 부풀어 오른
간장 종지 같은 젖가슴 위로
사뿐사뿐 나비 한 마리씩 날아오르고
싱긋한 바람은 살랑살랑 눈웃음친다
화선지 고운 살결로
여백의 잔잔한 미소 지으며
행간에 진동하는 성숙한 여인의 체취
흰 구름 내려와 기웃거리는
어느 봄날 오후
유혹에 빠져버린 목련빛 나의 사랑은
하롱하롱 지고 있다

김 미 윤

등꽃 지는 날은
간이역을 지나며
어떤 이유

김미윤 《월간문학》 신인상. 《시문학》 추천. 마산문협, 마산예총 회장 역임, 생활문화예술협의 회장, 경남문학관장. 한국문인협회, 한국시인협회 회원. 마산시문화상, 불교문화상. 시집 『녹두나무에 녹두꽃 피는 뜻』, 『갯가에서 부는 바람』, 『흑백에서』

등燈꽃 지는 날은

뜨거운 혼불 싣고 떠내려가
메마른 기억들로 바스러진
어느 섧디 섧은 강기슭에서
소리도 없는 등燈꽃 지는 낡은
젖어 외로운 행적 헤아리다
무량겁無量劫 가득히 물안개 피고
번뇌 갈피 처연한 행간 따라
돌아누운 시대를 재단하는
매운바람 표표히 흩날리면
들꽃처럼 잊혀진 이름 불러
푸른 역사의 깃 도두 보이듯
그 충절 혈맥 속 솟구치리니

간이역을 지나며

비망록 적요摘要처럼 고즈넉한 삶 따라

머물고 떠나듯 새소리 자오록하면

켜켜이 쌓인 정도 바람에 꿰어둔 채

낮은 추임새로 몸을 섞는 기적 소리

저물녘 풍물조차 비켜선 역사驛舍 뒤로

시나브로 멀어져 간 시간의 바다여

또 다른 일탈을 꿈꾸어 온 철길 위에

몇 땀 그리움 쌓여 묵은 맘이 젖는다

어떤 이유

봄 보다 꽃이 빨리 피는 날
또 다른 나를 그리고 싶어
천천히 숲길을 따라 걸었다
잃었던 봄 마음을 찾았다

꿈 보다 삶이 늦게 피는 날
또 다른 나를 지우고 싶어
빠르게 도심을 따라 걸었다
찾았던 본 마음을 잃었다

세월이 나를 찾게 만들고
세월이 나를 잃게 만들고

김 정 원

에밀레종 앞에서
벼랑의 소나무
퇴색

김정원 1985년 《월간문학》 등단. 성균관대학교와 명지대학 강사 역임. 국제 PEN클럽 한국본부, 한국문인협회, 한국크리스천문학협회 회원, 여성문학인회 이사. 율목문학상, 민족문학상, 소월문학상 등 수상. 시집 『분신』(한영시집)(The Alter Ego), 『삶의 지느러미』, 『허(虛)의 자리』 외. 다수 번역서 등.

에밀레종 앞에서

경주 박물관 뜰 한 모퉁이에
세상도 까맣게 잊은 에밀레종
인기척에 눈 뜬다

차디찬 체온의 옛 내음 그 둘레는
햇빛 좋은 날 초록의 잔친데
융숭한 대접도 못 받고

미완의 꿈 천 년 넘어 괸
큰 눈물단지 같이
무조건 울고 싶은 에밀레는

차단된 시간 그대로
맨몸은 여태
성덕왕 신라를 기린다

한때는 빛났던 거한 매력의 보물이여
사막에서 죽은 공룡처럼
실소失笑를 흘리고 있다.

벼랑의 소나무

조상의 신위神位처럼 우러러본다
별자리에 뿌린 내린 혼자

흙 한 웅큼 껴안고
초월한 그 높이
깜하게 후미진 하계下界를 굽어살피시니

한산 세모시 같은 비애를
우산같이 펴들고.

퇴색

나이 든 이제사 알 수 있었다
천지의 사랑과 축복의
그 꽃도 고통의 무게를 안고 왔을고

시들어갈 땐 오만상 처참히 찌푸리는 모습이
가슴 아렸다

아프면서 늙음을 마중하는구나
열심히 살았으면 시들어야겠구나.

김 현 숙

홍매
절정
뜻밖의 야매
고매

김현숙 1962년 《월간문학》 등단. 한국문인협회, 국제펜한국본부 회원, '화답
시' 동인. 윤동주문학상, 한국문학예술상 대상 외. 시집 『소리 날아오르다』,
『물이 켜는 시간의 빛』, 『 내 땅의 한 마을을 네게 준다』 외.

홍매

톡 톡 불거지는 핏방울
어느 손(手) 하나 일찌감치
그대의
치뜨는 불길을 달래어서
사방으로 튀는 불꽃을 거두고
잠잠히 에돌아가는 길을 놓았으니

그대 몸에서
오래 묵은 성품은
대(代)를 내리면서
곧지만 유연한 시냇물이 되었다
허공에 솟구치고, 내리치면서
세상을 동강내는 파도가 아니라
하늘에 수그리며 땅에 끄덕이며
바람과 한 몸으로
설핏 흔들리며 가는
춤추듯 걷는 물결이 되었다

절정絶頂

-물가의 흑매

몰려드는 상춘객이로다
벌 나비 발길에 채여
짧게, 보다 더 짧게
흩어버리는 봄날

흑매여, 너를 우뚝
언덕이나 산에 세우지 않고
혼자 물가로 내려와
세상 뒤집어
고요한, 또 다른 세상을 보았든가

물속까지 너를 따라온
오! 천하의 보름달
그의 팔베개로 누운,
온전한 꽃 된 봄밤

뜻밖의 야매野梅

담 너머로 연분홍 숨결 날리는 집
손가락마다 다 틀어진 일손이
얼굴보다 더 큰,
동네서 제일로 치는 억척네라
빈 터는 늘 푸성귀로 부풀었으나
배추 한 포기 그저 받은 이웃은 없다

짬짬이 폐휴지를 쌓고 있는
그 머리 위에 앉는 봄 한 철
꼬챙이 꽂아 얻은 열일곱 살배기
딸 삼은 꽃순이다
마당 깊은 집 거니는
그런 품 높은 얼굴빛 아닌데
짬짬이 옷섶에 떨군 땀방울의
오목오목한 몸내 자욱하다

펼쳐놓은 꽃그늘에 들자니
눈 깜짝할 사이 사라진
열일곱 벌 나의 봄도
하늘하늘 허공에 뜬다

고매古梅
 - 순천복음교회 뜰에서

엄동설한 닦은 품으로
고요히 봄을 안아 들이는
고매 한 그루
650년 해묵은 성전星殿 한 채
눈비 받아낸 무릎에
얼핏설핏 옹이를 앉혔는데

묵은 몸을 막 빠져나온
신생아의 해맑은 손가락 몇 개
어르신 지켜온 전당을
고물고물 기어다니네

성도들 추운 걸음 할 때도
그 발아래
성수聖水 부어 기른 사랑
청려淸麗한 복음의 뜰에서
신구세대 화기和氣를 듬뿍 묻혀
날아다니는 봄바람

김 현 지

그늘 한 평
별을 심다
복수초 꽃말
내 모자 속의 딱새 가족

김현지 경남 창원 출생. 1988년 《월간문학》 등단. 한국문인협회, 한국시인협회, 국제PEN한국본부 회원. 시집 『연어일기』, 『포아플을 위하여』, 『풀섶에 서면 내가 더 잘 보인다』, 『은빛 눈새』 등.

그늘 한 평

천년 그늘이 되거라 하고

느티 한 그루 심는다

산 아래 나무집 한 채
그 아래 멀찍이
골짜기 아래로 뿌리 두고
어제 없던 그늘 한 평
해 아래 세운다 그늘 한 평

나 하나 가고 없어도 오래 오래
누군가의 그늘이

되거라 하고,

별을 심다

별들이 사는 허브망원경 속에서
별의 씨앗 한 줌 훔쳐왔다
꼭 움켜쥐고 온 씨앗들
머리맡에 솔솔 뿌렸다

톡 톡 별들의 눈 뜨는 소리 들으며
잠드는 법,
잠 깨는 법, 모두 몰래하는 사랑법이다

너무 들뜨거나 뜨거움의 내색은
철저히 묵히고 자제할 것
혼자 먼저 서둘러 길 나서지 말 것

가슴에 별을 심는 일은 내가
별의 먹이가 되는 것
속 깊이 묻어둔 내밀한 상처까지 녹여
비옥한 상토가 되어 주는 것

물병자리 염소자리 거문고자리…
보라색 별들이 어깨동무하고
내 꿈밭을 걸어다니고 있을 때.

복수초 꽃말

가지 말아야 할 길을 간 적이 있습니다

건너지 말아야 할 강

부르지 말아야 할 이름 앞에

그대가 있었습니다

잡을 수도 뿌리칠 수도 없어

눈 속에 얼굴 파묻고 울고 싶은

그런 날이 있었습니다.

내 모자 속의 딱새 가족

창고 앞 작은 박스 위에 농모를 벗어두고 한 열흘 집을 비웠더니 글쎄 그 안에 아주 쪼그맣고 이쁜 새가 지푸라기를 물어 날라 집을 지었지 뭐니 앙징맞게도,

그런데 부산스럽게 들락거리던 새가 며칠 기척이 없기에 살그머니 모자챙을 들추고 들여다보는데 휘리릭! 깜짝 놀란 새가 날아가고…

아기 조막만한 둥지 안엔 아주까리보다 더 클까 말까한 얼룩배기 알들이 하나, 둘, 다섯, 이를 어째, 이를 어째, 갓 낳은 알들을 품느라 기진한 어미새가 얼른 배를 불리고 돌아왔음 좋겠네

그리고 이제는 보지 말자, 하고 며칠을 무심한 듯 조심조심 지나다니다가 하도 궁금해서 또 한 번 살그머니…

어머나! 미안해! 미안해! 얼른 모자챙을 내리고 놀란 가슴을 쓸어내린다.

제 머리통보다 더 큰 동공을 활짝 열고 경계태세를 갖춘 어미새의 발밑에 팥고물처럼 고물고물 엉켜 있는 아기새들,

며칠이나 지났을까 나는 오늘도 내 모자 속의 가족들이 궁금해서 견딜 수 없지만 참고 또 참는다 저들이 언제 날아올라 둥지를 떠날지 하루에도 수십 번 눈길이 가지만 꾹 참고 기다린다

　휘리릭! 또 한 번 어미새가 새참을 가지러 숲속으로 떠난 시간,

　그래도 그래도 보지 않고 기다린다.

박태순

페가
삐비꽃처럼
여왕의 꿈을 찾아

박태순 『월간문학』 등단. 한국사진작가 협회 회장, 풍류문학 회장, 소리나루회장.

폐가
-부르즈 할리파에서-

허공에 떠 있는 집
두원면 학림 1297번지
태양은 어둠을 비추고
낡은 쪽문은 열린 채 손님을 맞는다

토방에 짝 잃은 고무신
박제되어 숨바꼭질하고
중심을 잃은 안 방문 홀로 흐느껴 울고
파편이 되어버린 돌쩌귀에
숨 고르는 밀담들

방음벽 틈새로 거미부부가 세들어 살고
홀씨 되어 떨어진 민들레가
마당을 떠돌며 배회하네

밤하늘 수놓은 고흥 우주센터가 떠올리는
허공의 불빛으로
부르즈 할리파* 전망대를 내려다보는
내 고향 폐가는
가을밤 달빛 내려 거적을 펼친다.

*부르즈 할리파: 아랍에미리트의 두바이에 건설된 인공구조물로 세계
최고층 건물.

삐비꽃처럼

병실 문이 열리고 서한댁 할머니가
꽃무늬 치마를 걸치고 목발 대신
바퀴살을 굴리며 미끄러진다

당뇨로 한 쪽다리 절단하고
마음 한쪽 절단하고
망각할 수 없는 흉터 아픔
살아왔던 과거를 저항이나 하려는 듯
절룩이며 촛대를 세워 애먼 벽을 친다

삐비꽃처럼 아름다웠던 과거
속가슴 분홍빛 피고
말라버린 울음
앙상한 나뭇가지 되어
지나는 바람결에 발작이라도 할 듯
서한댁 고무신 영안실 문턱에 뒹굴다
삐비꽃 울음 터트린다.

여왕의 꿈을 찾아

경주에 오면
공용알처럼 고분들이 널려있지
한 시대의 공간 속에 떠도는 여왕이 사는
황룡사 9층 목탑이 서있던 자리
어느 재벌이 고층 아파트로 서서 나를 쳐다 본다

나는 이런 현실을 사랑한 적 없어!
신라는 어디로
경주에 신라의 흔적은 사라지고
능원으로 가는 길가에
쑥부쟁이 신라의 추억을 만난다

아침 이슬에 핀 망초꽃 하얀 슬픔에서
밤하늘을 달리는 화랑도의 말발굽 소리
별빛을 찍어내고
소슬한 가을바람 왕릉들은 풍선처럼 떠 보이네

첨성대 위를 날아오르는 신라여
나는 천년 경주의 여인으로 서서
여왕의 꿈을 찾는다.

박 찬 송

계란을 삶으며
부실한 집
명자나무

박찬송 충남 천안 출생. 2005년 《월간 문학》 신인상 등단. 한국문인협회 회원.

계란을 삶으며

무녀巫女의 춤사위 같은 불길 위
냄비 뚜껑만 한 하늘을 보았을까
계란의 까치발이 다급하다
사랑을 부화시켜 생명을 낳고
번뇌를 익혀 피를 만든다지만
어깨 부딪힘 면할만 한 집은 깨지기 쉽고
부화를 꿈꿀 수 없는 그들
정수리에 분화구 같은 볼우물을 팠다
사랑과 애증이 얇은 막 하나 차이이듯
무정無精과 유정有精 사이도 비슷해
생의 전환을 해야 하는 비등점
그 물컹거림을 익히는 바둥거림이 바쁘다
껍데기를 벗으려는 그 몸부림을
삶이라 말할까
듣지도 볼 수도 배란도 할 수도 없는 시간들이
그 무기력에서 벗어날 때
삶은 단단하고 더 탱탱해진다
그 열정을 이룰 곳이 인간의 몸
팍팍하지만 포실포실 익어가는 몸부림
나는 그곳에 가루약 같은 소금
살,
살
뿌렸다

부실한 집

모두 눈감은 새벽
한 외간 남자의 숨소리가 옆에 눕는다
사내의 숨소리가 등줄기 더듬어
잠 못 드는 밤
변기의 소용돌이 따라 방음벽이 허물어져
폭포처럼 물소리가 쏟아졌다
엘리베이터의 구석에 몸을 붙여
땀내 전 목수건을 빼던 사내
숫처녀로 살아가며 이중 삼중 잠가둔 문
손가락 하나 대지 않고 열고
이불을 들척이는 콧소리 때문에
나의 잠은 썩은 이처럼 자지러진다
어둠에 못질하는 사내를 피해
손잡이 눌러 헛헛해진 마음을 잠그면
밤 샌 탁상시계 꺽꺽 울어
기억할 수 없는 꿈을 조각내고
시계의 머리를 쥐어박으며 멍든 새벽을 토닥이면
팔베개 한 잠꼬대를 챙겨
사내는 슬그머니 내 잠을 빠져나간다
콧소리가 들리지 않으면 오히려 불안한 새벽
부실한 그대의 집에서 얼굴 없는 은밀함을 즐기는데
바닥에 귀를 대고 그대에게 가는 길
부실 공사된 삶에 마음이 끌리듯 나는
방언과 같은 그대의 신음 토닥이고 있었다

명자나무

남한산성 올라가는 밥집에서 명자가 너스레를 떤다
옆집 ㅎ와 결혼을 했다는 풍문이 있었지만
어디에 사는지
무엇을 하는지
알지 못했는데
그녀의 삶을 탁본한 그림자가 듬성듬성 근황을 알려준다
사랑 때문에 집을 나와
몇 개나 되는지 모르는 가지를 치고
발등 찍는 가지 몇을 잘라야겠다고, 태연히 말하는 그녀,
상처는 가지를 칠 수 있는 가장 아름다운 곳 아닌가!
발등에 옹기종기 모여 있는 가지들이
햇살을 당기며 웃는다
빈 가지를 제 집 삼아 햇볕을 쬐는
잎사귀 없는 꽃들이 피처럼 붉다
앓고 나면 훌쩍 성장하는 아이처럼
명자의 발등을 찍는 것 가지가 아니라
제 속을 찢고 나온 삶의 열정이었다고
수십 갈래의 새끼를 품고 있는 명자
명자나무는 출애굽 하듯 발목에 수십 개 가지를 묶어
종일 바싹 마른 땅을 파고 있었다

서 영 숙

태백
신혼여행 2
우보살

서영숙 2004년 《월간문학》 신인상 등단. 한국문인협회, 국제PEN클럽한국본부, 한국현대시인협회, 전북시인협회 회원, 전북문인협회, 눌인문학회 이사. 한국문인 협회 무주지부 회장. 열린시문학회 회장, 열린시문학 금탑상 수상. 시집 『면벽 틈 새에 촛불 켜다』, 『내가 쓴 말이 나를 지우기도 한다』(공저) 외.

태백

바람이 어둠을 들쑤시곤
이내 절룩거린다.

빈집들은 쿨룩거리며 진폐증을 앓고
아직도 광부들의 지친 회한이
썰렁한 주막을 서성거리고 있다.

막장에서 숨 거둔 아비를
제대로 안치도 못하고
두려움에 떨다 줄행랑을 친 아이

고향이 타향처럼 낯설어
햇살 좋은 날에도 수전증을 앓는다.

어둠속에서 불꽃으로
뜨겁게 타오르고 싶었을 너,
19공탄 식솔들의 안부를 묻다가
뻘쭘해져 이마를 훔친다.

언제쯤 회귀할 것이냐.
대처로 떠난 맨발의 바람아!
돌쩌귀 이빨 빠진 삽작문,
너덜너덜 찢겨진 양철지붕도
사람들 그리다 선잠에 들었나 보다.

남은 생 반짝이고픈 검은 상흔들은
폐쇄공포증만 심해져
오늘도 피냇골 막장을 지킨다.

신혼여행 2

밑동 잘린 고목에서도
꽃이 피는가.

피둥피둥 살쪘다고 고개 돌리더니만
제 중심에서 커가는 욕심덩어릴
왜 몰랐을까.

아무짝에도 쓸모없는 줄 알았던 누구
속정으로나 살자 했는데
제 콧등 높이 세워 보여주겠다고
늦은 앙탈을 부린다.

남들만 드나드는 줄 알고 무심했던
서울대병원 수술실 출입문,
너스레 떨던 어둠들 깔고 누운 채
홀가분하게 손 흔들다
슬며시 내려진다.

길 잃은 별빛 하나 어지럽다.
축 처진 눈가 웃음이
눈부시도록 서러운 날.

우보살

어둠을 열어젖히고
그때,
나는 왔었고 너는 어디에도 없었다.
매화가 눈물 머금던 날

서식처 떠난 초록의 눈들 악다구니 쓰고
불편한 속을 비우고 싶은 와불은
전이된 지방종이 멍에보다 무거워
잃어버린 웃음, 병색이 짙어졌다.

네 발로 서서 혀로 두드리는 목탁
중생들은 구경거리라 깔깔대고
복전함이 부끄러워 뛰쳐나가고 싶은
오늘

쟁기 끌며 워낭 울리던 삶
슴벅슴벅 도려내고픈 가슴의 멍
그 업장 소멸될 수 있다면
두드려야지, 쉼 없이

신 옥 철

뼛속 아버지
타락을 꿈꾸다
구멍 뚫리는 배추이파리 같은 내가 살 맛 날 때

신옥철 《월간문학》 등단. 경기대문예창작과 교수, 신옥철 문학TGV 대표.
시집 『뚜껑을 열어보고 싶다』, 『딱딱한 나』, 『유신론. 사랑할 수 없다》』 등.

뼛속 아버지

이가 쑤시다. 체납으로 국민의보와 절교한지 오래이다. 비워내는 삶 살게 되면서 비로소 도인道人의 삶을 떠올렸다. 남아 있는 것이라곤 달랑 몸둥어리 하나. 밑밥이었던 친절이 흉기로 변해 장기臟器를 요구하기 시작했다. 먹이를 찾을 권한마저 빼앗긴 굶주린 하이에나가 되어 또다시 도인道人을 떠올렸다.

위험한 은신처 대로大路가 급습해 온다. 도인道人에게도 '사랑이 꽃피는 치과'는 개밥의 도토리. 수초를 찾아 숨어드는 어린 물고기 심정으로 뛰어든 인파속에서

헉……

오, 아버지
일정日政땐 인력거꾼, 사변事變 후엔 지게꾼
그 고달픈 노동의 내 입속 증거물이 생각났다
생존의 본능 허물어진다
조용히 노을 밀어내고
어둠으로 내려와 나를 품는 아버지
입안 깊은 곳에서 '애야, 예 있다.'

날품의 일감 하나 만들지 못하는 장기불황 어루만지며
'금이란다. 금이라야......'
객지로 떠나올 때 꼭꼭 접힌 지폐뭉치 쥐어 주며
당부하던 그 목소리
긴 세월 뼛속 깊은 곳에서 눈치 살피며 살아왔을,
아직도 쭈뼛쭈볏 떠나지 못하는,
문득, 내 귀를 열어 썩어가는 아픈 감자가 되게 하는,
치통 자멸自滅하게 하는,
나에게서 도인道人 멀리 달아나게 하는......

타락을 꿈꾸다
- 선거전을 바라보며 1

맹물이 된다면, 걸레가 된다면, 온갖 오물에 몸을 굴리고, 여기저기 불순한 것들을 찾아다니다가 내팽개쳐지고, 사정없이 짓밟혀진다면, 아니, 차라리 개똥이나 되어 버린다면, 비수처럼 날아와 심장에 박히는 눈총, 정신 번쩍나게 패대기쳐지는 길바닥이 안식처인 개똥이나 되어 버린다면.......

오오,
어느 날 문득
맹물이 지나간 곳, 걸레가 지나간 곳
떠도는 홀씨의 영혼을 품어 깊은 밤 남모르게
민들레꽃 피워내는 개똥
그 드높은 이념理念을 만났네
비장한 각오로
선거전에 뛰어들기로 결심했네

구멍 뚫리는 배추이파리 같은 내가 살 맛 날 때
-선거전을 바라보며 2

    길섶에 버려진 돌멩이 같아서 세상의 관심 밖으로 밀려난 나는 누구에게도 내 목소리 들리지 않는 줄 알았다. 꽃밭에서 뽑혀 잡초 밭에 홀로 뿌리내려야 하는 민들레 같은 나는 고귀한 분들의 눈길엔 뜨이지 않으리라 여겨졌다. 그런데 갑자기 정중한 전화가 걸려오고 연서가 날아와 내 안 깊숙이 숨어있던 오만을 부추긴다. 나도 뭔가 베풀 수 있는 상류인가 착각에 빠지게 한다.

    들길에 버려져 고개 숙이고 숨죽이며 살던 나에게 사랑 가득 담은 목소리로 보석 같다며 손에 보이잖는 칼자루 쥐어 주는 말.

    -자알 부탁합니다-

배추씨가 싹을 틔우면 배추벌레 알이 덩달아 깨어나듯 나에게도 깃들어 있던 비루한 권력 잠에서 깨워 칼자루 쥔 손에 힘을 주게 하는 그 말.

    황송하여 그들이 보내온 홍보물 속에 푹 빠져보면 구멍 뚫려야 하는 이파리에게도 희망에 부풀게 하는 고마움이 또 있다. 한 때 신발 속 가시처럼 환영 받지 못해 변방에서 중심부를 경멸하던 때가 있었다는, 때론 진심으로 부끄러워 은신하고 싶었다는, 믿고 싶은 말들......

    선거철만 되면 난 아주 잠깐 살맛이 난다. 성성한 내 몸에 배추벌레가 자라고 내 손엔 번득이는 칼자루.

    나중에 물어 볼 것이다. 어떻게 중심부에 들 수 있었는가를.

임 보 선

무작정
시간의 숲
마음

임보선 《월간문학》 등단. 사)한국문협 60년사 편찬위원, 서울중구문인협회 부회
장, 한국예술가협회 이사, 자유문학 이사, 시인협회, 여성문학인회 회원, 제29회
동포문학상. 시집 『솔개여 솔개여』 외.

무작정

어쩌자고 어쩌자고
이렇게 천둥치는 날 찾아왔나
일어났다 사라졌다 번뇌만 허공 가득
쓸쓸함도 적막함도
천둥소리에 묻혀버렸다
아무런 인연이 없는 이 절집
피던 꽃도 천둥소리에
그리움만 남겨놓고 죄없이 떨어지고

선하지도 악하지도 못한
부끄러운 나를 더 참회하러
무작정 찾아나선 오늘

고독한 도량석 소리에
착착 쌓인 죄 벗어볼까 왔건만
먼저 거쳐간 인연들이
여닫고 간 문고리만 만져보고
문밖을 서성이다

하루 해가 모질어 그냥 돌아나왔다
나무아미타불이
도로아미타불이다

시간의 숲

숲에는
오래된 시간들이 숨쉬고 있다
알 수 없는 비밀
영원히 간직하고
아무에게도 드러내 보이지 않는
흔적으로
변치 않을 사랑을 약속하지만

이별하고
또 이별하고
상처들이 숨을 쉰다

시간의 숲에는
견뎌 온 세월만큼
마음이 흘러온 곳

발 아래 화려하게
한 철을 살다 간 꽃들의 노래가
초승달빛 아래서 외롭게 들린다

마음

갈아도 갈리지 않고
태워도 타지 않고
씻어도 씻기지 않는
땅을 파고 묻어도
묻히지 않는
흙도 돌도 아무것도 아닌

눈뜨면 안 보이고
눈 감아도 안 보이는
색깔도 무게도
아무것도 없는데

뭉쳐보면 흩어지고
흩어지면 또 뭉쳐지는
아무리 비춰봐도
보이지 않는 거울

어디에도 없는 것을
어디에다 두랴
이 마음
이 마음을.

임 백 령

계절 언어
적지의 달
밀애
동족의 묘기 그네입중심

임백령 본명 임영섭. 남원 출생. 2016년 《월간문학》 신인작품상 수상. 고교 국
어 교사. 시집 『거대한 트리』

계절 언어

북녘 사투리 높고 남녘 사투리 낮으니
소리는 안 되고 한글도 온 세상 듣는 말이니
대륙도 모르고 섬나라 모르고 먼 동쪽 모르게
주고받는 우리만의 신호는 우리 반도
가득한 계절 언어로 합시다.

붉게 피어 북으로 가는 봄 진달래
북쪽 넘치면 높아지는 남쪽 강물
한라까지 백두에서 물들어 오는 단풍
아무도 모르는 신호 어느 때나 있어

"조선 동해에서 흘러드는 습한 공기와 지형의 영향으로
함흥, 원산에서는 눈이 내렸습니다."
조선중앙TV 보도 소리 백두대간 타는 눈발
남이라 북이라 한반도 폭설로 갇혀도
삼천리 고샅길 잇고 잇는 우리만의 소통

대륙도 모르고 섬나라 모르고 먼 동쪽에서도 모르는

적지敵地의 달

소달구지에 솥단지에 어깨에 말에
가만히 내리는
달빛

밤늦게 길을 가는
먹을 것 비어 있는
돌아가는 여성 동무의 처진
그들이 나누는 희미한

밀애密愛

압록 두만 강변 총을 메고
경계 근무 서는 인민군 여자
그 동무에게 접근한다면
즉각 총 겨눠 노리는 것은
나의 사랑일까 목숨일까

까칠한 그의 볼 봄바람으로
복숭아 꽃빛 한 번 물들여 봐?
밤마다 따르는 달빛 그림자
사랑의 허물 벗는 벌레 소리
심술궂게 비도 뿌려
옷깃에 스며든 나의 눈망울
혼곤하게 증발하는 꿈도 꿔 봐?

가을이면 발치에
연서 적어 툭 던지고
백두대간 타고 내려
조선호랑이 살아 있는 얼굴
슬쩍 보여주며 가슴 철렁
내려앉게 만들어 봐?

서로 다른 억양 순해져
하나 된 우리 사랑
함께 말 타고 달려가자고
안달난 무모함이
발각되어 한밤중
사살될지라도

가슴 속 터져 나간
사랑의 용량
차고 넘쳐 다시 설레겠네
압록강 두만강 푸른
물결 출렁이겠네

동족의 묘기 그네입중심

- 입에 문 비수 끝에 장도 칼끝을 세워 그네를 타는 고난도
  의 곡예

칼끝으로 칼끝을 받아내었으니
일각이라도 비틀리면 너의 칼은
나의 심장을 관통하리라.
누군가를 겨누지 않았기에
입에 문 나의 칼은 끝이 무딘 짧은 비수
화살로 날아온 너의 칼을 극적으로 막아 내고 있다.
칼자루 끝에 올려놓은 축배의 포도주가
출렁이며 한순간 암시의 빛을 던진다.
최후의 나를 붉게 물들일 어두운 피의 저 깊이
나의 미세한 떨림을 술잔 속 파동으로 감지하고 있겠지.
긴 칼끝 축배가 위태로울 적마다
술잔 속 춤추는 살의와 광기 잠재우기 위해
어긋나는 직선을 수평으로 돌리려는 본능 하나가
수직의 바위 벼랑 끝없이 세워야 한다.
왼쪽이면 오른쪽 꺾여서는 안 되고
물러서면 저쪽 힘이 잦아드는 만큼
내 몸 바짝 밀어 빈틈 없애야 하니
내가 가야 할 길 떠올라 공중에 엉켜버렸다.
비틀리고 꼬이고 매듭지으며 희롱당하는 온몸
뻗는 손과 척추 마디마디와 나의 다리는
칼끝을 칼끝에 바로 세우는 팽팽한 버팀줄
풀리고 감기는 생명의 벼랑 끝 헛딛는 숱한 아찔함이여.

내 칼의 중심에서 너의 칼 속에 내린 독기는
혀를 물었으니 너의 살의 깊어갈수록
너의 칼날 서슬을 타는 생존의 가쁜 숨결.
하늘 땅 뒤바뀌는 재주로 사지 속 뚫어 나가며
한 동작 다음 동작 꼬리 물고 이어져 스치는
한 마리 용의 비상은 길도 공중에 새기는 법.
오, 이제 나와의 춤을 끝내려는 너의 의도
나의 칼끝에서 순해지는 너의 체념으로 알기에
그제야 춤을 끝내고 땅에 내린다.
칼끝에서 내려앉은 길 하나가 나를 받아 뻗는다.

임 화 지

시
식구
설거지

임화지 경북 포항에서 출생. 2015년 《월간문학》 신인상수상등단. 1969~1982
년 간호사와 교사로 재직.

시

내게 다가온 새로운 물살
헤쳐 나가는 길 거세다
거대한 바위에 부딪히다가
날카롭게 돌아서는 눈매
명치끝에 꽂히는 예리한 물의 칼
미끄러운 물이끼에 넘어질 때에도
애초부터 운명은 믿지 않았다
발바닥의 성실성을 믿을 뿐
마음속 신념의 빛 하나
단단하게 내 허리를 감싸
놀랍게도 물살 가르는 법을
몸이 먼저 조금씩 익히고 있었다

내게 닥쳐진 거친 파도
물살의 가랑이가
내 꿈을 마구 마셔버린다
바다로 흐르지 못한 물의 흐느낌 땜에
밤이 이슥하도록 잠을 뒤척이고 있다
별빛도 내려와 토닥여 주지 않는 외로움
그 흔한 눈물조차 한 방울 나오지 않는다

왠통
먹칠이 된 너의 몸을 껴안고 있다

식구

어느 날부터 인가 너를 입에 올린다는 것을
조금씩 천하게 여기는 느낌이 들었다
식충이 같은 인간이라든가, 아귀같이 먹는다는 등
너를 한없이 추락시켰다

누가 뭐래도 나는 네가 정겹다

세끼 차리는 며느리.
"이것 보통 일이 아니에요, 이것 장난이 아니에요" 라는
말을 수없이 내뱉는 통에
내 인내의 고무줄 끊어졌다
우리 집에도 핵폭탄 떨어지는 바람에
핵보유 가족 되고 말았다

생전의 엄마는 "함께 먹는다는 것은 거룩한 일이다
이 구멍 막으면 세상에 얼굴 붉힐 일 뭐 있겠냐" 며
밥상 차리는 일을 부처님께 공양 올리듯 하였다
어머니는 위대하다
차려주신 밥상도 위대했다
이렇게 머리를 탁 치며 깨닫기까지
수십 년 세월이 흐른 뒤였다
위대하지는 못해도 선로를 벗어난 일 결코 없었다
100시대니,
나도 위대해질 승산이 아주 없는 것은 아니다

설거지

밥그릇 허리쯤엔
유약의 기포가 터져
굳어진 홈집 하나

문지르고 닦을수록
상처의 시름은 깊어져
철 수세미로 박박 문지를수록
물집에서 붉은피톨 다 빠져나와
누~런 핏물이 고이는 물집
관절에서는 흘러내린 역한 냄새가
가슴 깊이 묻어둔
삶의 찌든 때
온 생애 지워지지 않았던 앙금
시름이 세월의 그릇에 농익어
그리움으로 만져진다
물 때 깊어진 자리마다
옹이 옹이 설움이 솟아오른다

이 상 인

이 파도 헤치며 청산도에 왔다
접시꽃이 피었습니다
담 밑에 구멍 하나 뻐끔하다

이상인 전북 고창출생. 《월간문학》 등단. 미래시 회장 역임. 시집 『높은 산 깊은 골』. 『입 속 말만 굴리다』

이 파도 헤치며 청산도에 왔다

이 파도 헤치며 청산도에 왔다
봄꽃 천지다, 사랑들의 난리 같다
가을이나 되어야 곱게 물든다는
단풍나무 행렬까지 나와 반긴다.

어느 해변로 이르렀을 때다.
몽돌들의 환영사 끝 날줄 모르고
끝 간대 없는 해산물 벌판이
화음하며 군무하자 한다.

어쩌다가 돌문들은 열렸을까
지붕 높은 집 당도했다는 것도
문전옥답 저리 풍성하다는 것도
구들장 논밭의 합작품이다.

지금은 매운맛 마늘밭 되어
이 맹탕들아 너도 매워보라 한다.
그래 나도 한 번 매워 보겠다
이 파도 헤치며 청산도에 왔다.

접시꽃이 피었습니다

접시꽃이 피었습니다.
천하일미 잔칫상 벌릴 때마다
기쁨조 대화합 이룰 때 마다
어서 가 보시게 참여하게. 앞장서게
그리도 일러 주시더니
아뿔사 지친 몸 가누지 못해
쩡그렁 이산지경 이루었다더니
어느 깊은 침궁에서
그리도 오래오래 주무셨습니까
오늘은 문득 내 작은 꽃밭의 접시꽃 되어
이렇게도 다시 뵙습니다.

어느 틈이십니까.
내 비경 황혼 속까지도 오셨습니다.
넓게 넓게 보이게 하시게
이룬 것 더 잇게 하시고. 높이보다 더 높이시게,
별의별 말씀 다시 일러 주시지만
제겐 단아한 이 나그네 상, 하나 옳습니다.
마음만 꽃밭 같게 하겠습니다.
접시꽃처럼만 피겠습니다.
층층이 접시꽃이 피었습니다.

담 밑에 구멍 하나 뻐끔하다

돌담길 거닐다가 길 잃었다
일행에서 낙오되어
당황하다가 폐 우물 하나 만났다.
「이 우물 물 마시지 마세요」
경고문까지 붙어있다.
경고 따위 아랑곳없다는 듯
딩굴고 노니다 간 흔적 물 꾸정하다,
꽃뱀의 짓 분명타는 생각에
다시 한 번 돌아봐야 담 밑에 구멍 하나 뻐끔하다.

돌아오는 길에 그 꽃뱀 생각났다.
미당 시 「화사」 낭송하고 싶어졌다
대여업자 잘못 선택한 탓이다
버스 펑크 나고 지체시간 길어져
마이크 다시 잡을 기회 생겼다
「얼마나 커다란 슬픔으로 태어났기에 저리도
징그러운 몸둥아리냐」 소리 소리 높였다.
서로 손잡고 소리 되 낮추고
다시 한 번 돌아봐야. 담 밑에 구멍 하나 뻐끔하다.

정 성 수

눈부신 우주
바람소리
빈잔

정성수 서울 출생. 현재 한국문인협회 시분과 회장. 한국문학백년상(한국문인협회), 앨트웰PEN문학상(국제PEN한국본부) 등 수상. 시집 『개척자』(중3 때 발간), 『세상에서 가장 짧은 시』, 『기호 여러분』 외.

눈부신 우주

나는
지구 위에 태어난 적이 없다

자
다시 출발이다
저 눈부신 우주 밖으로!

- 2016년 5월 11일 04시 51분. 칠읍산자락 신내천에서

바람소리

신이 지구 위에 앉아
수많은 악기를 켜는구나.

- 2016년 5월 4일 11시 01분. 칠읍산자락 신내천에서

빈 잔

추억이 켜는 바이올린 소리
나 홀로 듣네

비 내리는 술집 탁자 위에
빈 잔 하나 놓여있네.

- 2016년 5월 11일 07시 11분. 칠읍산자락 신내천에서

정 재 희

시지프의 바위
달 항아리
시간의 골짝

정재희 서울 출생. 1983년 《월간 문학》 등단. 한국문인협회, 국제PEN한국본부, 수원문인협회 회원. 시집 『생각 벗기』, 『춤추는 나무』, 『바람의 노래』, 『세상 밖으로 날아가는 새들』

시지프의 바위

매일의 무게 홀로 버거워
굴러 내리는 바위
때 없이 널뛰는 순간들을
버텨야 하는 바람의 날개

무채색이든 무지개빛이든
발끝에 채이는 날들을 걸어
존재 확인이듯
"이 시간을 떠매고 가야하는"
캬뮈의 빈손

하늘은 맑고 푸르러
흘러가는 구름 바라본다

달 항아리

텅 비었는가

무심이듯
비인 가슴
하이얀 미소
귀 열어 담아내는
말씀으로
가득 채운
그 넉넉함

온갖 시절들이
다투어 피는
하늘이며
땅
물소리 새소리

옷깃 여며
명상하는 저 우주

시간의 골짝

명단에 빠진 이름 궁금해
건너뛴 생각들 뒤적인다

정 형 택

돌탑 앞에서
6월, 구국의 영령들을 그리며
보릿고개, 못 잊는 첫사랑일까
봉평에서의 하루

정형택 《월간문학》 등단. 영광문화원장, 한국문협이사, 전라남도문협 회장 역임.
시집 『쬠, 쬠, 곤지, 곤지 눈물이 납니다 』 외. 2011 대한민국 신지식경영 문화
인 부분 대상 외.

돌탑 앞에서

데굴데굴
또르르르 …
정성 부족하면
돌멩이도 아는가 봅니다
다시 주워 던져도
데굴데굴 또르르르 …

이 한적한 곳에서
어쩌다 지나는 사람들의
두 손 모은 기원과
마음만을 먹고 자라온
그대 돌탑이여

생명이 없는 돌멩이들이
그냥저냥 만나서
이뤄진 거 같았지만
그것이 아니었나 봅니다

던진 돌멩이만 내려오는 것이 아니었습니다
겨우 먼저 자리잡은 돌멩이까지
나의 부덕이 흔들리게 하고 말았습니다

세상 사는 일 모두가
한결같은 정성과 기원인데
하물며 소원을 쌓는
돌탑 앞에서
마음 가다듬지 못하고서야
무엇을 이루겠단 말인가

6월, 구국의 영령들을 그리며

6월은
새파란 눈동자로
구국의 길 먼저 가신
젊은 영혼들이 그려놓은
한 폭의 초록 그림입니다

초록그림 군데군데 임들의 영혼이 담겨
이처럼 조국이 건재한 까닭
6월이 그림으로 보여주고 있습니다

너무도 푸르러 푸르러
감을 수 없었던 님들의 눈동자처럼
6월의 산야도 함께 가면서
임들의 못다한 젊음과 사랑
초록 그림 가득히 풀어 놓습니다

그 초록 그림 속에서
임들의 영혼을 만납니다
못다한 젊음과 사랑
그리고 거룩한 조국애를 느낍니다

오늘 건재한 조국에서
힘찬 모습으로 살아가는 우리들
임들의 파아란 눈매 그리며
6월의 초록 그림 속에
푹 빠져봅니다
임들이여 오래오래 영면하소서
초록 그림처럼 영원히 푸르소서

보릿고개, 못 잊는 첫사랑일까

사랑이라면
그래도 첫사랑이지
괜히 글자만 읽어도
가슴이 뛰는 이유

젊고 늙고를 떠나
누구네 가슴속에서도 한 켠을 차지하고
방을 빠져나가지 않는 이유

그 사랑 성공했다면
지금 내 곁에 있겠지만
실패했어도 아름다운 추억으로 남아
지금도 지울 생각을 하지 않는 이유

그 이유
삼사월 청보리밭을 지나면 안다
서러울수록 잊혀지지 않은 첫사랑이야기처럼
눈물없이 넘을 수 없었던 보릿고개 이야기는 어쩌랴

서러우면 서러울수록
애절하면 애절할수록
지금은 사랑으로 피어나는 이야기가
어디, 첫사랑 얘기만 있것느냐
보리밭 점점 멀어져가지만
보리밥에 보리막걸리 한 잔 거나하면
보릿고개 이야기는 잊혀진 첫사랑 얘기 풀리듯
무시로 풀려나고만 있더라

봉평에서의 하루

강원도 평창군 봉평을 갔습니다
메밀꽃 만개에 맞춰
가난의 시절
추억을 만나러 갔습니다

허기로 가득찼던
그 시절의 꽃이
오늘은 서정과 낭만으로 가득
그야말로 은백색 실크로드였습니다

깊은 밤 달그림자
메밀밭 꽃길에 앉아
배고픔의 서럽던 자갈밭
흙먼지 폴폴 거리던 밭고랑
고랑마다 허기진 씨앗을 뿌렸던
내 어릴 적 아부지를 만났습니다

밤새워 메밀밭도
하얀 서정의 사랑얘기 풀어내는지
뜬눈으로 달빛과 눈쌈질이었습니다

조용한 새벽안개
자욱한 봉평의 아침은
울아부지의 가난보다
더 가난했던 흔적을 감추고
축제의 별밭으로
출렁대고 있었습니다

조 명 선

일출
편한 사이
아버지

조명선 경북 영천출생. 1993년 《월간문학》 신인작품상 등단. 시집 『하얀몸살』 대구시조문학상 수상. 현재 대구광역시동부교육지원청 재직

일출

버거운 자리마다
시린 몸 슬쩍 안고

화근 내 물썬 나는
붉은 입맞춤
목
격
한
다

흰 눈물
그 뜨건 애욕
몰아쳐 출렁이는

편한 사이

밟으면 터질까 봐 어디로든 스며들어
위험하게 밀어내도
장롱처럼 듬직하던
내 생애
꿈을 기대며 눈멀었던 그 전율

눈빛과 말품으로 촘촘하게 보듬어
무늬를 맞추는 사이
으깨진 내 몫의 시간
지금은
어쩔 수 없다고 헤진 사랑 꿰맨다

손잡이 떨어져도 익숙한 장롱이듯
몇 개의 상처들은
살아내는 증거라고
내친 김
그래도 어이, 갈 데까지 가 보잔다

아버지

다 퍼주고도 모자라
마중물까지 내주는

푸르게 멍든 세상
허리 접은 채 저물어

아버지 헐거워진 꿈 콧등이 아립니다

주름마다 베인 상처
시커멓게 문드러져도

내, 더러 휘청일 때
마중물되어 내주시던

아버지 수위 넘는 눈물 속죄로 질퍽합니다

진 진

아버지의 딸
실제상황, 노블레스 오블리주를 읽다
햇살 푸르른 날에

진진 2006년 ≪월간문학≫ 등단. 한국문인협회 회원
시집 『40명의 도둑에게 총살당한 봄』, 『하이얀 슬픔을 방목하다』
제주대 교육대학원 석사과정 수료. 전 초등교사

아버지의 딸 외 2
—Who am I ? · 3

진　진

　아버지는 늘 나보다 한 발 앞서 걸었다.

　어머니가 싫어서, 어머니처럼은 살기 싫어서, 어머니를 밀어내고, 밀어내고, 또 밀어내고…, 아버지의 충직한 개가 되었다. 풀을 뜯으라면 풀을 뜯고, 집을 지키라면 집을 지키고, 헤엄을 치라면 네 발로 개헤엄을 치고…, '아니오'는 내 언어가 아니었다. "예, 아버지. 예, 예." 난 기꺼이 아버지의 딸이 되었다. 그러나 거기엔 아버지가 없었다. 아버지의 온기조차부재중이었다. 아버지는 늘

　나보다 한 발 앞서 걸었다. 매의 눈빛을 하고서

실제상황, 노블레스 오블리주
―잡초 · 9

잔디는
참소리쟁이, 쑥부쟁이, 빈대, 애기땅빈대, 중대가리, 참
새피, 큰기름새, 바랭이, 쇠비름, 띠, 수크령, 쑥, 씀바귀,
괭이밥, 쇠뜨기, 민들레, 질경이, 방동사니를 끌어안고,
꼬옥 끌어안고
조용히 죽어가고 있었습니다.
당연한 일이라는 듯 그렇게
죽어가고 있었습니다.
세상에! ! !
그럼 나도
네 심장에 빨대를 꽂고 있다는 거야?

햇살 푸르른 날에

    몰랐어요, '집에 가자' 란 그 말이 그토록 정겹고 푸
근하고 가슴 설레는 말이란 걸.
    몰랐어요, 그 말이 타향을 사는 사람에겐 목이 메도록
외쳐보고 싶은 말이란 걸. 정말
    몰랐어요, 무심코 써온 그 말이 누구에겐 고향산천을,
고향집을, 꿈속에서도 보고 싶은 어머니,
    어머니를 그리는 말이란 걸 몰랐어요, 이 나이 되도록
토박이로 투덜대며 살아온 나는
    '집에 가자' 란 그 말이 복사꽃잎 흩날리는 이 봄날엔
몸살을 앓는 그리움이란 걸.
    귀향鬼鄕의 그녀들이 기꺼이 죽음과 바꾼 말이란 걸 이
제야 겨우 알게 되었어요. 이제야 겨우

■ 미래시 작품해설

'되기'의 시학

이 덕 화 (문학평론가)

[월간문학] 출신 시인으로 구성된 미래시 동인이 1981년 12월30일 12명으로 창립해 그 다음해에 30명으로 확장되어 지금까지 지속해 왔다니 우리 문학사에 기록될 고무적인 일이다. 보통 인원이 늘어나고 힘이 확장되면 권력을 장악하려는 속성을 보여주는 게 인간인데, 오직 미래시 동인은 개인의 시적 동력을 키우는 삶의 본질적인 가치를 지향해 왔던 동인회였다는 것은 꾸준히 미래시 동인집을 발간해 온 것에서 확인할 수 있다. 동인 중에서 이 모임을 이용해 문단적 권력을 장악하려는 움직임을 보였다면 지금껏 이 모임은 지속되지 못했을 것이다.

인간에게 삶의 역정이 있다면, 그것은 스스로 안에 있는 사유와 원리로서의 이성을 깨우치는 것이다. 사유에 나타나는 이미지나 상상이나 개념들은 반드시 내가 만들어 낸 것이 아니다. 그 현실성을 여러 가지로 생각해 볼 수는 있겠지만 그것은 나를 넘어가는 다른 것들에 의하여 촉발된 것에 틀림이 없다. 다만 그것이 바르게 인식되는 데에는 이성적 개념의 도움이 필요한 것이다. 또 그러한 변화를 통하여 그것은 우리의 세계의 일부가 되는 것이다.

시적 표현은 감성적 정서적 표현이다. 정서적 표현은

감각을 통해서 드러난다. 감각이란 말해주어야 할 이야기를 우회하는 일 또는 그 이야기로 인한 지루함을 피하면서 직접적으로 전달되는 것이다. 인격체와 이성이 피상적인 닮음, 간접적인 허약한 인식을 건넨다면, 반대로 선인격체와 감각은 깊은 닮음, 직접적인 참된 인식을 건넨다.

시적 서술이 '형이상학적 전율'을 유발할 수 있는 것은 바로 감각을 동반한 선인격적 만남 때문이다. 선인격적 만남은 인간의 원초적 있음을 새롭게 인식하게 하고 거기에서 이성적 사유를 끌어낸다. 시적 감각을 제임스 조이스는 에피파니라고 불렀는데 그것은 '사물의 본질의 계시' '가장 하잘 것 없는 사물이 환희 밝아지는 순간'을 드러낸다. 여기서 감각적이고 구체적인 체험이 직접적으로 시인의 무의식을 건드려 세계에 새롭게 드러나게 된다는 것이다.

1) '되기'의 시학

프랑스 철학자 들뢰즈는 이런 자연과의 가장 깊은 화합 속에서 자신들이 원하는 어떤 것으로 되게 함과 동시에 그들 스스로가 그들과 자연의 일부로 화한다고 하면서 동물-되기 식물-되기, 아이-되기, 쥐-되기 라는 철학적 용어를 쓰고 있다. 모방하는 자 자신도 모르게 되기 속으로 진입한다고 말한다. 중요한 것은 '되기'는 그 대상의 감응을 자신의 것으로 만들어내는 것이며 그것을 통해 자신의 신체나 감각을 변용시키는 것이다. 바로 시적 사유는 이런 '되기'의 감응을 드러내는 것이다.

괄호 속에서 미쳤듯이

나누어지지 않을 나눔이
첫 페이지에 그인 그는
배반당한 동사에도, 쓰러지지 않고
검은 빛, 검은 눈물
잃어버린 목소리 상처로
생명의 운명처럼
바닥 사이 갈가리 찢긴
틈에 끼워져서도 그는 붉은 색보다 붉다
후미진 구석에서 시간이 올
침묵의 보호 속에서, 뿌리가 상처 나도
잠에서조차 꿈을 꾼 적이 없다
추방된 몸, 엉뚱한 고삐에 틀어박혀
해 묶은 몸을 풀어주지 않던 거기서부터,
한 걸음의 행보는 가볍게 흩어진
안개가 사라지는 순간처럼
내 것이 아닌 것을 잃어버린 나
피도 없이, 눈물도 없이, 살도 없이
뒤편에 서서, 또 하나의 앞에 서서
그는 붉게 벗었다
틈 사이에서

                     - 권경식 〈봉선화〉

이 시에서 시적 화자는 '봉선화'라는 대상과의 일체 즉 '봉선화-되기'를 통해 시적 정서를 드러낸다. 시적 화자와 봉선화는 분리되어 있지만 일체다. 주체와 객체가 하나가 된 경계를 가로지르는 존재다. 갈갈이 찢기면서도 어떤 틈에서 자신의 존재를 드러내는 존재, 내 것인 것 같으면서 내 것이 아닌 무수한 상처의 몸 붉은 상체를 드러내는 몸인 것이다. 여기서 시인은 시적 대상 '봉선화'를 만남으로서 자신 속의 상처인 무의식을 본 것이다.

몇 년 전 벚꽃에게 홀린 병, 올해 핀 벚꽃에게 치료비 청
구하려다 아뿔싸! 도로 갖다 바쳤다. 그래서 나는 봄 내내
울화병 깊어졌다. 내 사랑은 대상조차 묘연해졌다. 깊었던
만큼 외로움도 깊어졌다 말해야 하나. 사랑한다 함부로 쏟
아낸 말 때문에 거뭇하게 몸통 더 그을렸다.
　　　　　　　　　　　　　　　　　　-권분자 〈벚꽃사랑〉

　　시적 화자는 벚꽃과 구분을 할 수 없는 일체화된 관계
를 지향하고 있다. 그러나 시적 대상은 침묵한다. 대상을
대상으로서 바라볼 수밖에 없는 화자는 울화병에, 외로
움만 더 깊어질 뿐 사랑을 점유할 수 없다. 이것은 '벚
꽃-되기' 시학에서 벗어난 벚꽃의 감응을 자신의 몸속에
각인, 대상 자체를 자신의 것으로 모두 흡인한 시인의
직관적 사랑법이다.

　　그때 봄날이었지

　　언니의 사춘기가 무르익을 무렵이었지
　　진달래 꽃망울 트고
　　초경이 터지는 날
　　달빛은 선지 핏빛이었지
　　오!
　　초경에 물든 벚꽃잎 낙화여

　　그 신선한 충격, 오랜 봄

　　쿵덕거리는 가슴 죄짓듯 들킬까
　　앙금발걸음으로
　　'엄마! 이게 뭐야? 어쩌면 좋누!
　　천지개벽한 봄날은 마냥이었지

쉰 번째 오는 봄 마중을 오래 오래 손짓하는 이별
첫사랑 못 잊는 폐경
그렇게 봄날은 또 가고.

　　　　　　　　　　　　-김광자 〈봄날은 또 가고〉

　이 시에서는 시적 화자와 언니의 초경 때의 경험을 진달래 꽃망울 트는 봄날이라는 일체화된 정서를 통해 드러낸다. 시적 화자는 언니와의 동일시를 통해 여자로서의 충격적인 초경을 화창한 진달래 꽃망울 띄우는 첫 봄의 경험으로 환원한다. 여자로서의 초경이라는 충격적인 정서를 모든 사물이 묻힌 겨울에서 깨어나는 천지개벽한 봄날의 화창함과 동일시했다. 이것은 봄-되기이다. 봄의 감각적 체험과 계절의 순환 논리 속에서 여성으로서의 첫경험과 세월의 순환 논리를 시적으로 형상화한 것이다. 가고 오는 세월 속에서 13, 14살부터 시작된 달거리 횟수가 50회를 끝으로 폐경, 첫봄을 기억하고 매년 오는 봄에서 달거리를 첫사랑으로 기억한다. 자연히 순환의 논리 속에서 다시 도래할 미래를 꿈꾸게 된다.

문득
갈 바 몰라 머뭇거릴 때
하고 싶은 말 되삼켜 목젖 아플 때
내게 오라

뒤란의 연지꽃 어여삐 피는지
팽나무 빨간 알알 마음껏 줍고 싶은
느림보 민달팽이 내 등 밀며 따라오던
거기

송사리 물풀 속에

둥지 속 새알 같이
와서, 강보에 안긴 듯 하늘을 보아라

먼 환청 이름 부르는 듯
귓불 스치는 바람
민달팽이 진땀 흘려 내 등 밀며
따라오던 거기.

         - 김규은 〈팽나무 그늘〉

　이 시에서는 팽나무 그늘의 정서를 감각적 체험 속에
서 시적 화자와 일체화하고 있는 시이다. 1연의 '내게
오라'는 바로 시적 화자가 팽나무 그늘임을 밝히고 있
다. 주체인 내가 객체인 사물 속에 들어가는 직관의 방
법에서는 나도 없고 사물도 없는, 말하자면 주체와 객체
가 분간이 안 되는 상태에 놓이게 된다는 것이다. 내가
감각을 느낀다는 것은 감각의 느낌과 함께 그 무엇이 감
각을 통해서 일어난다. 그러기 때문에 동일한 신체가 감
각을 주고받으며, 동일한 신체가 대상이자 주체가 된다.
[1] 이 시에서는 팽나무의 그늘이 주체이면서 또 객체로서
나와 분간이 되지 않는 일체이다. 팽나무 그늘-되기를
통해 '갈 바 몰라 머뭇거리는' '하고 싶은 말 되삼키는
목젖 아플 때' '민달팽이 존재'처럼 존재를 드러내듯
드러내지 않듯, 존재인 듯 존재라고 할 수 없는 그늘의
정서를 형상화하고 있다.

　어둠 속에서 더욱 선명해지는
　욕망의 바다

---

1) 박정태, [들뢰즈에게 있어서의 회화와 존재론적 사실주의], 위의 학
　회 주제 발표. 45-48쪽

비워졌다 차오르는
감정의 갈피를 잠재우며
절망을 되새김질하던
아랍의 파란 눈동자를 한 사내가
하염없이 칼국수처럼 풀어지고 있었다
오늘도 달은 밝아
발가벗은 어둠이 달을 집어삼키듯
저려오는 가슴을 파고들 때
지문을 남기지 않는 빗소리는
집요하고도 촘촘했다
시치미를 뚝 뗀 채
주섬주섬 욕정의 옷자락을 펄럭이고
구불구불 길을 내며 너는
바람처럼 사라졌다
너는 내 의식의 행간에 살았던
도플갱어였을까
대열에서 이탈한 굶주린 짐승처럼
너는 나를 모질게 끌고 다니다
단단한 뼈만 남게 했다
자폐증을 앓으며 식음을 전폐했고
침묵으로 허락했던 긴 울음은
견딜 수 없는 무게만큼
생의 가지를 흔들다
이제야 가쁜 숨을 내려놓았다
화석이 되어버린 한 사내가
문득 내 뒤를 따라 온다
지독한 패러독스였다

-김만복 〈처용의 바다〉

들뢰즈에 의하면 무의식을 집행하는 기관이 감각인데,
감각은 몸이 주체로 자리 잡기 이전에 거론되는 무의식

이 감각으로 드러난다. 감각은 두 객체가 물리적으로 충돌함으로써 발생하는 사건과도 같다는 것이다. 의식을 가진 정신적 주체가 이성으로 무장한 근대적 인격체를 가리킨다면, 욕망으로 드러나는 감각은 이성의 관점에서 보면 전혀 이해할 수 없는 탈근대적 비이성적 선인격체, 주체도 객체도 없는 주체와 객체가 전혀 분간이 안 되는 사건적 주체를 말한다.

이 시에서 처용은 '너는 내 의식의 행간에 살았던 도플갱어였을까'에서 드러나듯 시적 화자의 무의식이다. 주체와 객체가 구분이 되지 않는 욕망이라는 감각과 이성적 주체인 객체가 끊임없이 충돌하는 사건적 주체가 바로 인간이 아닐까. '시치미를 뚝 떤 체 욕정을 펄럭이다' 흔들림의 무게를 견딜 수 없는 이성적 주체에 욕망은 억압된다. 즉 감각적 주체인 욕망에 의해서 원초적 본능에 도달하기 전에 닻을 내린다. 욕망이 사라진 사내는 죽음의 화석이 되어버린다. 살기 위해 욕정을 억압한 이성적 객체가 욕정이 사라진 순간 죽음의 골짜기로 사라져 버리는 파라독스. 제목처럼 '처용의 바다'에서 처용-되기에 실패한 화석만이 죽음의 골짜기를 헤맨다. 끝까지 내려가기의 방법을 통해 직관에 도달, 원초적 있음에 대한 성찰에 도달할 때에만 처용-되기의 닻을 내릴 수 있는 것이다.

톡 톡 불거지는 핏방울
어느 손(手) 하나 일찌감치
그대의
치뜨는 불길을 달래어서
사방으로 튀는 불꽃을 거두고
잠잠히 에돌아가는 길을 놓았으니

그대 몸에서
오래 묵은 성품은
대代를 내리면서
곧지만 유연한 시냇물이 되었다
허공에 솟구치고, 내리치면서
세상을 동강내는 파도가 아니라
하늘에 수그리며 땅에 끄덕이며
바람과 한 몸으로
설핏 흔들리며 가는
춤추듯 걷는 물결이 되었다

                        - 김현숙 〈홍매〉

이 작품 역시 홍매-되기를 통해 홍매의 정서, 부끄러운 듯 다소곳한 정서를 자기화한 작품이다. '세상을 동강내는 파도가 아니라 하늘에 수그리며 땅에 끄떡이며 바람과 흔들리며 가는 춤추듯 가는 물결'로 세상을 일순간 변화시키겠다는 혁명적 선언이 아닌 세상 물결을 따라 잘 조화해서 바람에 따른 물결처럼 살겠다는 작가의 의지를 홍매의 정서를 자신의 것으로 홍매-되기를 지향하겠다는 것이다.

별들이 사는 허브망원경 속에서
별의 씨앗 한 줌 훔쳐왔다
꼭 움켜쥐고 온 씨앗들
머리맡에 솔솔 뿌렸다

톡 톡 별들의 눈 뜨는 소리 들으며
잠드는 법,
잠 깨는 법, 모두 몰래하는 사랑법이다

너무 들뜨거나 뜨거움의 내색은
철저히 묵히고 자제할 것
혼자 먼저 서둘러 길 나서지 말 것

가슴에 별을 심는 일은 내가
별의 먹이가 되는 것
속 깊이 묻어둔 내밀한 상처까지 녹여
비옥한 상토가 되어 주는 것

물병자리 염소자리 거문고자리…
보라색 별들이 어깨동무하고
내 꿈밭을 걸어다니고 있을 때.
-김현지 〈별을 심다〉

　이 작품은 아예 제목부터 별이 되겠다는 의지를 보여주
고 있다. 이 시인에게 별을 가슴에 심겠다는 것은 바로 별
의 먹이가 되겠다는 것이고 별과 자신을 일체화하겠다는
의지의 표명이다. 이 시인은 자신을 철저히 비운 상태에서
별의 정서를 자신 속에 심어 나가겠다는 것이다. '너무
들뜨거나 뜨거움의 내색은/철저히 묵히고 자제할 것/ 혼자
서둘러 길 나서지 말 것' 이것은 시인이 별을 인식한 정
서이다. '되기'의 정서는 철저히 자신을 주변화, 자신을
새로운 문법으로 탈해체화에 있다면, 이 시인은 별의 정서
로 자신을 철저히 해체하겠다는 자기의 의지이다.

어둠을 열어젖히고
그때,
나는 왔었고 너는 어디에도 없었다.
매화가 눈〔雪〕물 머금던 날

서식처 떠난 초록의 눈들 악다구니 쓰고
불편한 속을 비우고 싶은 와불은
전이된 지방종이 멍에보다 무거워
잃어버린 웃음, 병색이 짙어졌다.

네 발로 서서 혀로 두드리는 목탁
중생들은 구경거리라 깔깔대고
복전함이 부끄러워 뛰쳐나가고 싶은
오늘

쟁기 끌며 워낭 울리던 삶
슴벅슴벅 도려내고픈 가슴의 멍
그 업장 소멸될 수 있다면
두드려야지, 쉼 없이

-서영숙 〈우보살〉

이 시도 시적 화자의 스스로 우보살-되기를 시적으로
형상화한 것이다. 매화가 눈(雪)물 머금던 정정한 날조차
욕망으로 가득한 눈으로 와불마저 병색이 완연하고 복전
함마저 조롱거리가 되는 몸붙일 곳 없는 오늘날, 시적
화자는 우보살이 되어 쉼없이 목탁을 두드릴 수밖에 없
음을 간결한 시적 표현을 통해 드러내고 있다.

내게 다가온 새로운 물살
헤쳐 나가는 길 거세다
거대한 바위에 부딪히다가
날카롭게 돌아서는 눈매
명치끝에 꽂히는 예리한 물의 칼
미끄러운 물이끼에 넘어질 때에도
애초부터 운명은 믿지 않았다
발바닥의 성실성을 믿을 뿐

마음속 신념의 빛 하나
단단하게 내 허리를 감싸
놀랍게도 물살 가르는 법을
몸이 먼저 조금씩 익히고 있었다

내게 닥쳐진 거친 파도
물살의 가랑이가
내 꿈을 마구 마셔버린다
바다로 흐르지 못한 물의 흐느낌 땜에
밤이 이슥하도록 잠을 뒤척이고 있다
별빛도 내려와 토닥여 주지 않는 외로움
그 흔한 눈물조차 한 방울 나오지 않는다

왠통
먹칠이 된 너의 몸을 껴안고 있다

-임화지 〈시〉

　　운명조차 믿을 수 없는 시적화자는 거센 물살을 묵묵
히 몸으로만 감당해야 하는 외로운 시적 자아를 직관만
의지하며 살아야 하는 '날몸'과 일체화시키고 있다. 그
래서 시적 화자는 '왠통 먹칠이 된 너의 몸을 껴안고 있
다'로 오직 몸만을 의지해야 하는 시적 자아와 직관에
의지해야만 살아날 수 있는 시를 자기화한 것이다.

　　다 퍼주고도 모자라
　　마중물까지 내주는

　　푸르게 멍든 세상
　　허리 접은 채 저물어

　　아버지 헐거워진 꿈 콧등이 아립니다

주름마다 베인 상처
시커멓게 문드러져도

내, 더러 휘청일 때
마중물되어 내주시던

아버지 수위 넘는 눈물 속죄로 질퍽합니다
                                        -조명선 〈아버지 〉

　이 시는 아버지-되기이다. 시적 화자는 아버지에 대한
심상을 이미지화하고 있지만 이것은 자신의 이미지를 덧
칠한 것이다. 왜냐하면 인간의 감성은 자신이 느끼는 것
만큼 느낄 수 있고 보이기 때문이다. 어버이가 된다는
것은 '다 퍼주고도 마중물까지 주는' 자신의 꿈까지 희
생해가며 퍼주는 마중물 같은 존재이다. 자식들이 휘청
일 때 언제나 먼저 손 내밀어 주는 아버지의 이미지인
'마중물' 멋진 상징어이다.

　맹물이 된다면, 걸레가 된다면, 온갖 오물에 몸을 굴리
고, 여기저기 불순한 것들을 찾아다니다가 내 팽개쳐지
고, 사정없이 짓밟혀진다면, 아니, 차라리 개똥이나 되어
버린다면, 비수처럼 날아와 심장에 박히는 눈총, 정신 번
쩍 나게 패대기쳐지는 길바닥이 안식처인 개똥이나 되어
버린다면.......

오오,
어느 날 문득
맹물이 지나간 곳, 걸레가 지나간 곳
떠도는 홀씨의 영혼을 품어 깊은 밤 남모르게
민들레꽃 피워내는 개똥

그 드높은 이념(理念)을 만났네
비장한 각오로
선거전에 뛰어들기로 결심했네

- 신옥철 〈타락을 꿈꾸다〉

이 시는 시적화자가 선거전을 바라보며 스스로 개똥-되기의 의지를 표명한 시이다. 온갖 욕설, 비방, 음모가 난무하는 선거전에 뛰어들기 위해서는 비상한 각오가 필요하다. 시적 화자는 길바닥에 천덕꾸러기로 굴러다니는 개똥이의 철학을 자기 것으로 떠도는 홀씨의 영혼을 품어 민들레꽃 피워내는 높은 이념으로 선거전에 뛰어들기로 한 스스로의 다짐을 시적으로 승화한 것이다. 시적 소재로는 부적절한 소재임에도 간결한 구성으로 훌륭하게 시적 형상화에 성공하고 있다.

이 파도 헤치며 청산도에 왔다
봄꽃 천지다, 사랑들의 난리 같다
가을이나 되어야 곱게 물든다는
단풍나무 행렬까지 나와 반긴다.

어느 해변로 이르렀을 때다.
몽돌들의 환영사 끝 날줄 모르고
끝 간대 없는 해산물 벌판이
화음 하며 군무하자한다.

어쩌다가 돌문들은 열렸을까
지붕 높은 집 당도했다는 것도
문전옥답 저리 풍성하다는 것도
구들장 논밭의 합작품이다.

지금은 매운맛 마늘밭 되어

이 맹탕들아 너도 매워보라 한다.
그래 나도 한 번 매워 보겠다
이 파도 헤치며 청산도에 왔다.
　　　　　　　- 이상인 〈이 파도 헤치며 청산도에 왔다〉

　시적 화자는 청산도에 도착, 끝없이 펼쳐지는 자연의 대 행렬을 마치 자신을 반기는 환영사로 자연과 혼연일치가 되는 경험을 시적으로 형상화한 시이다. 자신이 자연의 일부분이 되고 싶은 강렬한 욕망은 매운 맛 마늘밭 되기로 드러난다.

2. 무의식의 작동으로 인한 시적 포착

　'되기'로 시적 해석이 되지 않는 시도 있다. 어떤 장소를 만나거나 사물을 만났을 때 드러나는 심리적 작동을 묘사한 작품들이다. 들뢰즈는 인간의 무의식을, 우리 주위의 어디에나, 몸짓에나, 일상적 대상에도, 텔레비전에도, 기상 징후에도, 더욱이 당면한 큰 문제에 있어서조차도 우리에게 붙어다니는 어떤 것이라고 본다. 따라서 무의식은 개인의 내부에서 그 사람이 지각하거나 자신의 신체나 자신의 영토나 자신의 성을 체험하는 방식에서뿐만 아니라, 부부나 가족이나 학교나 이웃이나 공장이나 경기장이나 대학 등의 내부에서도 작동한다고 한다. 즉 무의식은 프로이드의 정신분석에서처럼 과거 속에, 혹은 가족 속의 기존의 제도화된 담론 속에만 따라다니는 무의식이 아니라는 것이다. 오히려 무의식은 미래로 향한 가능성 자체, 즉 언어활동에서의 가능성뿐만 아니라 피부, 사회체, 우주 등에서의 가능성을 자신의 핵심으로 지니고 있다는 것이다. 무의식은 우리의 현실 속에서 신체에, 우리의 사회관계에 붙어서 움직이는 것이라고 생각하는 것이다. 억압된 것의 장소로서가 아니라 새로운 것을 만들어 가는 재료라고 생각하는 것이다.[2]

비망록 적요摘要처럼 고즈넉한 삶 따라

머물고 떠나듯 새소리 자오록하면

켜켜이 쌓인 정도 바람에 꿰어둔 채

낮은 추임새로 몸을 섞는 기적 소리

저물녘 풍물조차 비켜선 역사驛舍 뒤로

시나브로 멀어져 간 시간의 바다여

또 다른 일탈을 꿈꾸어 온 철길 위에

몇 땀 그리움 쌓여 묵은 맘이 젖는다

-김미윤 〈간이역을 지나며〉

이 시는 일탈을 꿈꾸며 찾아 온 철길 위에서 만난 '간이역'과 관련된 심상이 드러난 시이다. 이 작품에서 주는 '간이역'의 이미지는 '저녁녘 풍물조차 비켜 선 驛舍'처럼 고즈넉함이다. '켜켜이 쌓인 정' '시나브로 멀어져 간

---

2) 윤수종, [의식과 언어에서의 무의식과 기호], 『들뢰즈 20년』, 2015년 가을, 한국프랑스 철학회. 주제 발표논문. 18쪽

시간의 바다' 등의 이미지를 통해 우리의 바쁜 일상에서 잊고 살았던 모든 심상을 떠올리게 한다. '간이역'은 마치 우리의 마음 깊은 곳에 숨겨 둔 무의식일지 모른다. 바람이 불 때면 가끔씩 생각이 떠오르는 심상처럼. 이 시에서 시적 화자는 '간이역'을 만났기 때문에 그동안 삶에서 지우고 있던 심상을 떠올릴 수 있었던 것이다.

경주 박물관 뜰 한 모퉁이에
세상도 까맣게 잊은 에밀레종
인기척에 눈 뜬다

차디찬 체온의 옛 내음 그 둘레는
햇빛 좋은 날 초록의 잔친데
융숭한 대접도 못 받고

미완의 꿈 천 년 넘어 괸
큰 눈물단지 같이
무조건 울고 싶은 에밀레는

차단된 시간 그대로
맨몸은 여태
성덕왕 신라를 기린다

한때는 빛났던 거한 매력의 보물이여
사막에서 죽은 공룡처럼
실소失笑를 흘리고 있다.
                              -김정원 〈에밀레종 앞에서〉

이 시 역시 '에밀레종'을 만남으로서 오늘만을 위해 사는 우리들에게 지워진 채, 잊혀진 채 있었던 천 년 전의 역사를 다시 회상하게 된다. 한 때 빛났던 찬란한 역사의 한 순간이 '사막에서 죽은 공룡처럼' 쓴 미소를 머금은 채 경주 박물관 한 모퉁이에 놓여 있는 에밀레종을 통해서 우리의 역사를 되돌아보게 한다. 잊혀진 역사는 인간에게는 무의식이다. 이런 역사적 유물을 만남으로서 찬란했던 역사의 한 순간을 떠올리게 된다.

모두 눈감은 새벽
한 외간 남자의 숨소리가 옆에 눕는다
사내의 숨소리가 등줄기를 더듬어
잠 못 드는 밤
변기의 소용돌이 따라 방음벽이 허물어져
폭포처럼 물소리가 쏟아졌다
엘리베이터의 구석에 몸을 붙여
땀내 전 목수건을 빼던 사내는
숫처녀로 살아가며 이중 삼중 잠가둔 문
손가락 하나 대지 않고 열고
이불을 들척이는 콧소리 때문에
나의 잠은 썩은 이처럼 자지러진다
잠을 갉아먹으며 어둠에 못질하는 사내를 피해
손잡이 눌러 헛헛해진 마음을 잠그면
밤 샌 탁상시계가 꺽꺽 울어
기억할 수 없는 꿈을 조각내고
시계의 머리를 쥐어박으며 멍든 새벽을 토닥이면
팔베개 한 잠꼬대를 챙겨 사내는 슬그머니 내 잠을 빠져
나간다
콧소리가 들리지 않으면 오히려 불안한 새벽
부실한 그대의 집에서 얼굴 없이 은밀함을 즐기는데
바닥에 귀를 대고 그대에게 가는 길
부실 공사된 삶에 마음이 끌리듯 나는 이미
방언과 같은 그대의 신음 토닥이고 있었다
　　　　　　　　　　　　　　　- 박찬송 〈부실한집〉

이 작품은 흔히 시적 형상화에는 부적절한 '부실한 집'에 관한 심상이다. 시적 형상화로 부적절하다는 것은 그만큼 시적 형상화가 어렵다는 말이다. 그런데도 성공한 시이다. 방음벽이 허물어진 부실한 방으로 인한 옆집 사내의 모든 일거수일투족이 자신의 것인지 그 사내의 것인지 꿈속에서 분간이 안 되는 존재다. 그런 이상한 동거 속에서 부실한 공사로 인한 부실한 삶에 마음을 도닥여주는 객체와의 일체감을 보여준다. 부실한 집으로 인한 혼란 속에서 객체를 끌어 앉는 포용이 바로 알지 못 했던 자신의 무의식의 한 부분을 끌어앉는 것이다. 비슷한 소재를 다룬 〈폐가〉 또한 마찬가지이다.

허공에 떠 있는 집
두원면 학림 1297 번지
태양은 어둠을 비추고
낡은 쪽문은 열린 채 손님을 맞는다

토방에 짝 잃은 고무신
박제되어 숨바꼭질하고
중심을 잃은 안방문 홀로 흐느껴 울고
파편이 되어버린 돌쩌귀에
숨고르는 밀담들

방음벽 틈새로 거미부부가 세들어 살고
홀씨 되어 떨어진 민들레가
마당을 떠돌며 배회하네

밤하늘 수놓은 고흥 우주센터가 떠올리는
허공의 불빛으로
부르즈 할리파 전망대를 내려다보는

내 고향 폐가는
가을밤 달빛 내려 거적을 펼친다.

-박태순 〈폐가〉

이 시에서 태양이 어둠을 비추는 것과 동시에 '폐가'
의 모든 것이 의미화된다. 마찬가지로 잊혀졌던 편린의
조각들을 그 속에서 끌어 올릴 수 있는 것이다. 파편이
되어버린 숨고르는 밀담들은 무의식의 속삭임이다. 이
밀담들은 언제나 기회를 노려 밝은 빛 속에서 의미를 향
한 전진하려는 꿈을 가지고 있다.

나는
지구 위에 태어난 적이 없다

자
다시 출발이다
저 눈부신 우주 밖으로!

-정성수 〈눈부신 우주〉

지구 위의 모든 삶을 포기한다면 다른 삶이 기다릴 것이
다. 니체가 이야기하는 초인의 삶, 그것은 우주 밖의 눈부
신 삶이 될 수밖에. 간결한 시일수록 함축된 의미는 다양하
게 해석될 수 있다.

매일의 무게 홀로 버거워
굴러 내리는 바위
때 없이 널뛰는 순간들을
버텨야 하는 바람의 날개

무채색이든 무지개빛이든
발끝에 채이는 날들을 걸어

존재 확인이듯
"이 시간을 떠매고 가야하는"
캬뮈의 빈손

하늘은 맑고 푸르러
흘러가는 구름 바라본다
                    -정재희 〈시지프의 바위〉

　매일의 쳇바퀴를 버터야 하는 일상의 무게, 시지프의
바위를 끌어올려야 하는 고통 속에 더 큰 고통은 때 없
이 날뛰는 욕망의 순간들. 그러나 우주 밖은 어둠의 세
계는 무의식의 세계다. 위의 시처럼 우주 밖으로 뛰쳐나
가든 견디든. 그러나 이 시적 화자는 시간을 떼매고 가
는 카뮈의 빈손이다, 그러기에 흘러가는 구름을 즐길 수
있다. 시지프의 바위를 상징적으로 드러나는 의미를 함
축적으로 잘 표현한 시이다.

숲에는
오래된 시간들이 숨 쉬고 있다
알 수 없는 비밀
영원히 간직하고
아무에게도 드러내 보이지 않는
흔적으로
변치 않을 사랑을 약속하지만

이별하고
또 이별하고
상처들이 숨을 쉰다

시간의 숲에는
견뎌 온 세월만큼

마음이 흘러온 곳

발아래 화려하게
한 철을 살다 간 꽃들의 노래가
초승달빛 아래서 외롭게 들린다

-임보선 〈시간의 숲〉

이 시적 화자는 숲을 만남으로서 잊혀졌던 순간들을
떠올린다. 숲은 우리의 무의식이다. 해가 떠오르면 해를
기억하고 별이 떠오르면 별을 기억한다. 그래도 여전히
우리의 무의식 속에는 초승 달빛 아래서 외로움에 떠는
꽃들의 노래가 있다.

사랑이라면
그래도 첫사랑이지
괜히 글자만 읽어도
가슴이 뛰는 이유
젊고 늙고를 떠나
누구네 가슴속에서도 한 켠을 차지하고
방을 빠져나가지 않는 이유

그 사랑 성공했다면
지금 내 곁에 있겠지만
실패했어도 아름다운 추억으로 남아
지금도 지울 생각을 하지 않는 이유

그 이유
삼사월 청보리밭을 지나면 안다
서러울수록 잊혀지지 않는 첫사랑이야기처럼
눈물 없이 넘을 수 없었던 보릿고개 이야기는 어쩌랴

서러우면 서러울수록
애절하면 애절할수록
지금은 사랑으로 피어나는 이야기가
어디, 첫사랑 얘기만 있것느냐
보리밭 점점 멀어져가지만
보리밥에 보리막걸리 한 잔 거나하면
보릿고개 이야기는 잊혀진 첫사랑 얘기 풀리듯
무시로 풀려나고만 있더라

-정형택 〈보릿고개, 못 잊는 첫사랑일까〉

　궁핍함의 상징 보릿고개와 채워지지 않은 첫사랑은 허기진다는 의미에서는 동의어이다. 보릿고개와 첫사랑은 추상어이지만 같은 시적 대상으로 이미지화함으로 멋진 시적 의미를 추출하고 있다. 서러우면 서러울수록 보릿고개가 생각나고, 첫사랑이 떠오르는 것도 우리의 무의식의 작동이다. 인간의 무의식에는 언제나 아름다움을 추구하는 충동이 내재해있다. 그러기에 매몰차게 떠난 첫사랑이라도 첫사랑은 그리움으로 시시각각 떠오르고, 죽도록 괴로웠던 보릿고개 시절의 궁핍함마저 추억의 한 페이지가 되는 것이다. 보리막걸리 한잔 걸치면 그 모든 곳은 무화되어 버린다. 그래서 인생은 아름답다.

북녘 사투리 높고 남녘 사투리 낮으니
소리는 안 되고 한글도 온 세상 듣는 말이니
대륙도 모르고 섬나라 모르고 먼 동쪽 모르게
주고받는 우리만의 신호는 우리 반도
가득한 계절 언어로 합시다.

붉게 피어 북으로 가는 봄 진달래

북쪽 넘치면 높아지는 남쪽 강물
한라까지 백두에서 물들어 오는 단풍
아무도 모르는 신호 어느 때나 있어

"조선 동해에서 흘러드는 습한 공기와 지형의 영향으로
함흥, 원산에서는 눈이 내렸습니다."
조선중앙TV 보도 소리 백두대간 타는 눈발
남이라 북이라 한반도 폭설로 갇혀도
삼천리 고샅길 잇고 잇는 우리만의 소통

대륙도 모르고 섬나라 모르고 먼 동쪽에서도 모르는

                                    - 임백령 〈계절언어〉

　이 시는 계절 따라 달라지는 자연의 풍광, 남한에서
북한, 북한에서 남한 한반도 천체로 퍼져나가는 자연의
소통을 계절언어로 하자는 시인의 심리를 드러낸 시이다.
쉽게 접근하기 힘들고 무거운 정치적 이슈를 가벼운 터
치로 시적 형상화를 하고 있다. 자연의 소통과 같이 자
연스럽게 우리끼리 소통하면 자연스러운 것을 정치적 이
슈화해 남의 나라까지 개입, 힘든 이 나라의 상황을 답
답해하는 심리까지 드러난다. 이 시는 자연의 소통 즉
직관과 감성으로 통하는 정서적 소통을 정치사까지 확대
해 간 시인의 정치적 무의식이 잘 드러난 시이다.

　　잔디는
　　참소리쟁이, 쑥부쟁이, 빈대, 애기땅빈대, 중대가리, 참새
피, 큰기름새, 바랭이, 쇠비름, 띠, 수크령, 쑥, 씀바귀, 괭이
밥, 쇠뜨기, 민들레, 질경이, 방동사니를 끌어안고, 꼬옥 끌
어안고
　　조용히 죽어가고 있었습니다.

당연한 일이라는 듯 그렇게
죽어가고 있었습니다.
세상에!！！
그럼 나도
네 심장에 빨대를 꽂고 있다는 거야?

-진진 〈실제상황, 노블레스 오블리주〉

이 시는 모든 것을 끌어안고 가야하는 것이 바로 노블
레스 오블리주의 정신임을 잔디의 철학을 통하여 보여주
는 시이다. 시시각각 죽음을 체험해야만 하는 인간사, 모
든 것을 끌어않으면서 살아간다면 우리 모두 오블레스
오블리주의 정신을 실현하고 있지 않은가라는 시적 화자
의 무의식이 작동한 시이다.

이번 미래시 동인들의 시 22편을 감상하면서, 시적 심
상이 다양한 소재, 미치지 않는 곳이 없다는 생각이 들
었다. 그래서 역시 시인은 아름다운 심성을 가지고 있다
는 생각이 들었다. 자연의 직관, 정서, 순환 논리를 삶과
의 소통이라는 대 주제 아래 각자의 시적 이미지를 형상
화하는 솜씨가 놀랍다. 그것은 지금까지 미래시 동인들
이 시적으로 살아가고 시적인 소통을 최고의 기쁨으로
살고 있음을 보여주고 있다. 지면과 시간 관계상 좀 더
꼼꼼이 분석하지 못함을 아쉽게 생각한다.

미래시 시인회(동인회) 연혁

* 1981.12.30. : 미래시동인회 창립 발기인 모임 (월간문학 신인상 시 및 시조 당선자로 구성). 창립회원 : 채수영, 김우영, 최순렬, 이경윤, 구영주, 채희문, 윤성근, 박영우, 박진숙, 진병주, 정성수 등 11명). 임원구성 - 대표간사 : 채수영, 총무: 정성수
* 1982.05.01. : 미래시 창간호 발행(회원 30명의 시, 76편 수록)
* 1982.05.22. : 제1회 미래시 시인교실(문학강연 및 시낭송) 개최 (한글학회회관 강당. 초대 시인: 조병화, '문학과의 해후' 동인 15명 참가) - 미래시 1집 발행 기념
* 1982.09.18. : 제2회 미래시 시인교실 개최(여성문예원 강당. 초대시인: 장호'청각으로서 의 시어'. 동인 15명 참가)
* 1982.10.23. : 제3회 미래시 시인교실 개최(한글회관 강당. 동인 13명 참가)
* 1982.11.01. : 미래시 2집 발행(회원 32명 중. 23명 참여. 이경윤 동인 추모특집 10편 수록)
* 1982.11.13. : 제4회 미래시 시인교실 개최(한글회관 강당. 응시동인 3인 찬조출연, 동인 14명 참가)
* 1982.12.11. : 제5회 미래시 시인교실 개최(여성문예원. 초대시인: 황명 '1980년대 동 인지의 특성', 동인 11명 참가)
* 1983.01.08. : 제6회 미래시 시인교실 개최, 전주나들이 시

        낭송회 개최(전주 루브르 커피숍. 초대문인:
        성춘복, 오학영, 최승범, 전주시인 7명, 승려
        시인 5명, 동인 9명 참가)

* 1983.03.26. : 제7회 미래시 시인교실 개최(서울 종로 타임커
        피숍. 동인 11명 참가)

* 1983.04.23. : 제8회 미래시 시인교실 개최, 춘천나들이 시
        낭송회 개최(초대시인: 황금찬, 성춘복, 김혜
        숙, 춘천시인 2명, 동인 11명 참가)

* 1983.05.01. : 미래시 3집 발행(회원 38명중 28명 참여)

* 1983.05.06. : 제9회 미래시 시인교실 개최(종로 타임커피숍,
        초대시인: 조병화, 성춘복, 허영자, 이청화,
        동인 9명 참가) - 미래시 3집 발행 기념

* 1983.05.21. : 제10회 미래시 시인교실, 부산나들이 시낭송
        회 개최(부산카톨릭센터. 초대문인: 이형기,
        김용태, 성춘복, 김후란, 부산 각 동인회 찬조
        출연: 시와 자유, 열린시, 탈, 목마, 절대시
        등. 동인 17명 참가)

* 1983.06.10. : 제11회 미래시 시인교실 개최(타임커피숍. 초
        대시인: 박양균, 동인 12명 참가)

* 1983.06.10.~7.7. : 제1회 미래시 시화전 개최(타임커피숍.
        동인 15명 25점 전시)

* 1983.07.08. : 제12회 미래시 시인교실 개최(타임커피숍. 초
        대시인: 김윤성 '현대시란 무엇인가?', 응시
        동인 초청 4명, 동인 8명 참가)

* 1983.08.12. : 제13회 미래시 시인교실 개최(타임커피숍. 초
        대강연: 홍윤숙 시인 '시를 통한 자기구원',
        초대시인: 박재삼, 동인 9명 참가, 시낭송 노
        트 '나의 시작 습관')

* 1983.09.09. : 제14회 미래시 시인교실 개최(타임커피숍. 진
  단시동인 초청 5명, 동인 6명 참가)
* 1983.10.07. : 제15회 미래시 시인교실 개최(타임 커피숍. 초
  대시인: 윤재걸, 마광수, 장석주, 박남철, 동
  인 7명 참가, 시작 노트 '시와 사랑')
* 1983.11.01. : 미래시 4집 발행(회원 39명 중 23명 참여)
* 1983.11.12. : 제16회 미래시 시인교실 개최, 대구 나들이
  시낭송회 개최(대구ECA학원 강당. 초대강연:
  황명 '1980년대의 시의 위상', 대구문인 찬조
  출연 16명, 동인 18명 참가, 시낭송 노트
  '시인의 직관') - 미래시 4집 발행 기념
* 1983.12.28. : 제17회 미래시 시인교실 개최(타임커피숍. 초
  청강연: 조병화, 동인 28명 참가)
* 1984.01.04. : 정기총회. 임원개선(회장 정성수)
* 1984.01.27. : 제18회 미래시 시인교실 개최(타임커피숍. 초
  대시인: 황금찬. 동인 17명 참가, 시낭송 노
  트 '시인과 정')
* 1984.02.11. : 제19회 미래시 시인교실 개최, 수원나들이 시
  낭송회 개최(수원 공간사랑. 수원 시인 4명
  찬조 출연. 동인 18명 참가)
* 1984.02.24. : 제20회 미래시 시인교실 개최(타임커피숍. 동
  인 14명 참가, 시낭송 노트 '시인과 체험')
* 1984.03.30. : 제21회 미래시 시인교실 개최(타임커피숍. 동
  인 14명 참가, 시낭송 노트 '시인과 사회')
* 1984.03.31. : 제22회 미래시 시인교실 개최, 대전나들이 시
  낭송회 개최(대전 뮤우즈다실. 초대문인: 황
  명, 한성기, 성춘복, 오학영, 안영진, 대전초
  대문인 14명. 동인 16명 참가)

* 1984.04.27. : 제23회 미래시 시인교실 개최(타임커피숍. 초
대시인: 황명. 동인 15명 참가, 시낭송 노트
'시인과 술')
* 1984.05.05. : 미래시 5집 발행(회원 45명 중, 28명 참여)
* 1984.05.25. : 제24회 미래시 시인교실 개최(타임커피숍. 초
대문인: 조경희 수필가(예총 회장), '시와 수
필', 동인 20명 참가, 시낭송 노트 '시인이
사는 사회') - 미래시 5집 발행 기념
*1984.06.29. : 제25회 미래시 시인교실 개최(타임커피숍. 초
대문인: 소설가 김동리(문협 이사장, '작가와
시인'. 동인 21명 참가, 시낭송 노트 '시인
과 죽음')
* 1984.09.25. : 미래시 6집 발행(회원 47명 중, 36명 참여)
* 1984.09.28. : 제26회 미래시 시인교실 개최(타임커피숍. 초
대시인: 성춘복. 동인 19명 참가, 시낭송 노
트 '시인과 사랑') - 미래시 6집 발행 기념
* 1985.02.~ : 미래시 낭송회는 매월 계속됨으로 간혹 기재 생
략함
* 1985.06.30. : 미래시 7집 『시의 불, 시인과 칼』 발행(회원
33명 참여. 초대시: 조병화, 성춘복, 박재삼,
오탁번 시인)
* 1985.08.09. : 미래시 경주나들이 시낭송회 개최(경주 소극
장. 초대시인: 조병화, 황명, 성춘복, 신세훈
등. 대구, 경주 문인 동참. 동인 22명 참가)
* 1985.09.01. : 미래시시선집 『새벽은 새를 부른다』 발행
* 1985.12.30. : 미래시 8집 『상징과 은유』 발행(회원 40명 참
여. 초대시: 황금찬, 박태진, 김후란, 김혜숙
시인)

* 1986.01.04. : 정기총회. 임원개선(회장 김남환)
* 1986.09.01. : 미래시 9집 『공간과 시간』 발행(회원 33명 참여. 초대시: 김경린, 전봉건, 정벽봉, 홍윤기, 이경희 시인)
* 1986.12.15. : 제41회 미래시 낭송의 밤 개최
* 1986.12.30. : 미래시 10집 『존재와 언어』 발행 (회원 36명 참여. 초대시 : 유경환, 김영태, 오학영, 강계순, 이향아, 시인)
* 1987.04.18. : 미래시 오산 봄나들이 시낭송회 개최(조병화 선생 생가 편운재에서 많은 문인 동참으로 성황을 이룸)
* 1987.05.09. : 미래시 대구 나들이 시낭송회 개최(동대구관광호텔 소강당. 문협심포지움에 참가 다수의 문인 동참)
* 1987.07.20. : 미래시 11집 『우리 시대 미래의 시』 발행 (회원 49명 참여. 초대시: 김여정, 서벌 시인)
* 1988.01.04. : 정기총회. 임원개선 (회장 이영춘)
* 1988.02.05. : 미래시 동인 데뷔시집 『월간문학 신인작품상 당선시』 발행(도서출판 모모. 회원 55명 참여)
* 1988.08.31. : 미래시 12집 발행 (회원 48명 참여)
* 1989.11.25. : 미래시 13집 발행 (회원 31명 참여)
* 1990.01.04. : 정기총회. 임원개선(회장 허형만). 신입회원은 80년대 말로 마감. 정리의 의미에서 특집 없이 시작품만 수록. 미래시 동인회를 미래시시인회로 개칭하기로 함
* 1990.05.20. : 미래시 14집 발행 (회원 57명 참여, 특집 '나의 체험론')

* 1991.05.20(?) : 미래시 목포나들이 시낭송회 개최(목포문인
　　　　　　　　들과 합동으로)
* 1991.09.25. : 미래시 15집 『미래는 준비되어 있다』 발행
　　　　　　　　(회원 98명 중, 37명 참여)
* 1992.01.04. : 정기총회. 임원개선(회장 구영주). 신입회원
　　　　　　　　가입 제한 해제
* 1992.06.01. : 미래시 동인 수필집 『시인의 사랑, 시인의 이
　　　　　　　　별』 발행 (글세계)
* 1992.06.15(?) : 제66회 미래시 시인교실 개최(성남문협과
　　　　　　　　합동으로 성남에서)
* 1992.11.25. : 미래시 16집 『흘러간 과거와 꿈꾸는 미래의
　　　　　　　　판화』 발행 (회원 37명 참여)
* 1993.03.27. : 제68회 미래시 낭송회 개최(한영, 경서미술학
　　　　　　　　원. 동인 19명 참가)
* 1993.06.05. : 제69회 부산나들이 시낭송회 개최(부산일보
　　　　　　　　소강당. 초대시인: 성춘복. 부산 시인들과 합
　　　　　　　　동으로. 동인 22명 참가))
* 1993.12.06. : 미래시 17집 『손끝에 묻어나는 바람같이』 발
　　　　　　　　행 (회원 30명 참여)
* 1994.01.04. : 정기총회. 임원개선(회장 양은순, 총무 김재
　　　　　　　　황, 김영은) * 등단 순서에 의한 선임에서 선
　　　　　　　　출로 회칙 개정
* 1994.06.27. : 미래시 양평나들이 시낭송회 개최(양평산장.
　　　　　　　　초대문인: 강민 시인 등 다수. 동인 17명 참
　　　　　　　　가)
* 1994.09.28. : 미래시 18집 『또 하나의 눈금을 그으며』 발행
　　　　　　　　(회원 34명 참여)
* 1995.08.25. : 미래시 19집 『찻잎 따는 손길』 발행(회원 36

명 참여)

* 1996.01.04. : 정기총회. 임원개선(회장 김영훈)
* 1996.05.04. : 미래시 강릉나들이 시낭송회 개최(문협 행사 참가자들과 시대시 동인 등 참여. 동인 15명 참가)
* 1996.09.20. : 미래시 20집 『별이 보이지 않는 날 밤엔』 발행(회원 32명 참여)
* 1997.10.30. : 미래시 21집 『그대 서있는 바로 그 자리』 발행(회원 31명 참여(명예회원 5명 포함), 이현 암 동인 추모시 특집)
* 1998.01.04. : 신년교례회 및 정기총회. 임원 개선(회장 김종섭, 부회장 이희자, 총무 김규은)
* 1998.05.14. : 미래시 부산나들이 시낭송회 개최
* 1998.09.30. : 미래시 22집 『존재의 그늘은 모두 지우고』 발행(회원 29명 참여. 초대시; 조병화, 홍윤숙, 황금찬, 성춘복, 허영자 시인)
* 1998.10.24. : 제77회 미래시 경주나들이 시낭송회 개최(유림회관. 초대문인: 성춘복(문협이사장), 이경희, 박명순, 박희영, 경주문인: 이근식, 장윤익, 임진출, 조동화 외 다수. 동인 21명 참여)
* 1999.01.04. : 신년교례회 및 정기총회(혜화동 대학로 어느 식당)
* 1999.08.08. : 제78회 정선나들이 시낭송회 개최(정선. 초대시인: 성춘복(문협이사장)외 강원도 시인들과 합동)
* 1999.10.15. : 미래시 23집 『잡은 손의 따스함』 발행(회원 31명 참여)
* 2000.01.04. : 정기총회. 임원개선(회장 장렬)

* 2000.11.15. : 미래시 24집 『소리, 소리들 앞에 서서』 발행
　　　　　　　　(회원 34명 중, 31명 참여)
* 2001.06.15. : 미래시 원주나들이 시낭송회 개최(토지문학관.
　　　　　　　　원주 문인들과 합동으로. 동인 23명 참가)
* 2001.10.15. : 미래시 25집 『관계, 달아나기』 발행(회원 25
　　　　　　　　명 참여)
* 2001.11.17. : 미래시 낭송회 개최(운현궁. 초대시인: 성춘
　　　　　　　　복, 신달자 및 시대시 동인들과 합동. 동인
　　　　　　　　15명 참가)
* 2002.01.04. : 정기총회. 임원개선(회장 김정원)
* 2002.07.29. : 미래시 천안나들이 시낭송회 개최(천안문화원)
* 2002.10.15. : 미래시 26집 『내 꿈의 텃밭』 발행(회원 37명
　　　　　　　　중 31명 참여)
* 2003.05.17. : 미래시 김천나들이 시낭송회 개최 (김천문협과
　　　　　　　　합동. 동인 20명 참가)
* 2003.11.25. : 미래시 27집 『하늘의 위 그 하늘 위』 발행(회
　　　　　　　　원 36명 중, 30명 참여. 명예회원 7명 초대
　　　　　　　　시)
* 2004.01.04. : 정기총회. 임원개선(회장 이상인, 부회장 정재
　　　　　　　　희, 총무 김경실)
* 2004.08.28. : 미래시 28집 『민들레 홀씨 하나』 발행(회원
　　　　　　　　31명 중, 29명 참여)
* 2005.05.15. : 미래시 고창나들이 시낭송회 개최(미당문학관.
　　　　　　　　고창문인들과 교류. 동인 15명 참가)
* 2005.10.30. : 미래시 29집 『기억 속의 풍경 하나』 발행(회
　　　　　　　　원 29명 중, 25명 참여)
* 2006.01.04. : 정기총회. 임원개선(회장 정재희. 부회장 오덕
　　　　　　　　교, 총무 김의식)

* 2006.04.25. : 제89회 미래시 가평나들이 시낭송회 개최 (군
청 강당. 한국문협 회장단과 가평문협과 합
동, 동인 20명 참가)
* 2006.05.01. : 『문학과 의식』 미래시 동인 특집
* 2006.11.30. : 미래시 30집 『햇살은 명암을 남기며』 발행(회
원 39명 중, 36명 참여. 가평문협 특집. 문협
으로부터 출판비 지원 받음)
* 2007.03.01. : 인터넷 카페 〈월간문학 이야기〉 운영(운영자
김병만 회원)
* 2007.05.13. : 미래시 영천나들이 시낭송회 개최(영천문화원
강당. 영천문협과 합동)
* 2007.10.01. : 『문학저널』 미래시 동인 특집
* 2007.10.30. : 미래시 사화집 31집 『목신의 숨결』 발행(회원
34명 중, 32명 참여)
* 2008.01.04. : 정기총회. 임원개선(동숭숯불갈비집. 회장 오
덕교, 부회장 신군자, 총무 한필애)
* 2008.05.10. : 제91회 미래시 경주나들이 시낭송회 개최(경
주 유림회관. 초대시인: 박종해, 이태수, 문인
수, 조주환, 문무학, 김복연, 곽홍란, 최빈 등
과 경주문협 회원들과 합동. 동인 15명 참가)
* 2008.12.30. : 미래시 사화집 32집 『서있는 사람들』 발행(회
원 30명 중, 21명 참여)
* 2009.01.25. : 김남환 동인 한국문협 부이사장 당선
* 2009.05.23. : 제92회 미래시 춘천나들이 시낭송회 개최(춘
천문협 회원들과 합동. 동인 20명 참가)
* 2009.10~ 2010.12 : 회장단 유고로 활동 마비 기간
* 2011.01.04. : 정상화를 위한 비상총회. 임원 선출(동숭숯불
가비집. 회장 김규은, 부회장 김의식, 총무 신

옥철)

* 2011.01.25. : 김종섭 동인 한국문협 부이사장 당선
* 2011.06.13. : 미래시 강릉나들이 시낭송회 개최(경포대에서, 동인 15명 참가)
* 2011.11.25. : 미래시 사화집 33집 『씨앗, 부신 착지를 보아라』 발행(회원 36명 중, 30명 참여. 나영자, 노명순 동인 추모 특집)
* 2011.12.16. : 제100회 미래시 예당 나들이 시낭송회 개최(예당고등학교 강당. 특강 및 백일장 등 - 미래시 33집 발행 기념)
* 2012.01.04. : 정기총회. 임원보선(총무 진진)
* 2012.04.24.~26. : 제101회 미래시 제주도나들이 시낭송회 개최(한라산문학동인회와 합동. 동인 13명 참가, 25일 신양리 바닷가에서 102회 시낭송회)
* 2012.11.05. : 미래시 사화집 34집 『풋풋한 그림씨, 어찌씨를 위하여』 발행
* 2012.11.23.~ 24. : 제103회 미래시 인사동 나들이 시낭송회 개최(피카소 갤러리, 동인 23명, 초청문인 - 김용호 문협 시분과 회장, 이상문 국제펜 부이사장, 정정순 불교 문학회장, 시낭송가 손희자, 김미래님 외 다수)
* 2013.01.04. : 정기총회. 임원 개선(한국예술인센터 중식당, 회장 김현지, 부회장, 김경실, 총무 진진)
* 2013.10.30. : 미래시 사화집 35집 『나비는 슬프지 않다』 발행
* 2013.12.06~07 : 제104회 미래시 낙원동 나들이 시낭송회 개최(카페 Moon, 동인 15명, 초청문인 24명)
* 2014.01.03. : 정기총회. 한국 예술인 센터 중식당

* 2014.11   : 김의식 〈대한민국 소비자 대상〉 수상.
* 2015.01.05. : 2015년 정기총회(정이가네 식당) 오후 3시
  - 참석 : 김경실, 김종섭, 김광자, 김정원, 김현숙, 김의식,
          김영훈, 신옥철, 이은재, 이희자, 이현명, 정재희,
          진진, 허형만 등
  - 임원선출 : 제17대 회장-김광자(부산), 부회장-김현숙(서
              울), 총무-서영숙(전북), 감사-김의식(수석) 이
              은재, 이사-김영은(서울) 임보선(서울) 김미녀
              (서울) 진진(제주) 김미윤(마산)

  〈주요안건〉
  - 회비 : 10만원 결정
  - 사화집 제36집 출간, 사화집 편집 개편, 문학기행, 시낭송,
    회칙 개정 등
  - 사업계획 : 회칙, 재정장부, 통장(인수금 3,521,620원) 및
              기타 자료
  - 회칙개정위원 : 김광자(회장), 정성수(고문), 김종섭(고문)
                  위임
* 2015.01.31. : 정성수(고문) 한국문협 제26대 시분과 회장 당
                선
* 2015.02.28. : 권경식(경남 창원) 신입회원 입회
* 2015.03.20. : 임시총회 개최(정이가네 식당) 오후 3시
  〈주요안건〉
  - 회칙개정안 통과(회칙개정 수정 후. 효력발생위임 받음.)
  - 문학기행 및 시낭송회: 거제도 청마문학제 참가, 묘소, 전시
    관, 생가탐방 등
  - 제36집 사화집 원고제출: 7월까지
* 2015.03.13. : 김광자 회장, 한국문협 제26대 이사 선임
* 2015.04.16. : 서영숙 총무, 한국문협 무주지부 회장, 보궐선

거 회장 선임

* 2015.06.09. : 임화지(서울) 신입회원 입회
* 2015.09.18.~19. : 거제도 문학기행(청마생가, 묘소참배, 전
시관 탐방 및 시낭송회)
* 2015.09. : 김광자 회장, 사)해양문학가협회 부회장 선임
* 2015.10.20. : 정성수 고문, 〈한국시인 출세작〉 편저(한국문
인협회 시분과 회장)
* 2015.11. : 김광자 회장, 시집 『그리움의 미학』 우수도서
선정(세종도서)
* 2015.11 : 한국문협 무주지부 발간, 《형천》에 본 회원 23
명 특집 게재
* 2015.12.20. : 미래시 제36집 『노을빛이 달려와 뒷목을 적셨
네』 발간(작가마을)
* 2016.01.04. : 2016년 정기총회
〈주요안건〉
　- 미래시시인회 제37집 사화집 발간 안건 : 통과
　- 미래시 작가상 안건: 부결
　- 시낭송회 및 문학 기행 : 전례대로
　- 이사 인준 : 김미녀, 김미윤, 김영은, 임보선, 진진(선, 선임,
후, 인준): 통과
　- 참석 : 김광자(회장), 서영숙(총무), 김규은, 김의식, 김영
은, 김정원, 김현숙, 박찬송, 이상인, 임보선, 임화
지. 정성수, 정재희
* 2016 1월 4 : 오후 4시 회원 시낭송회
　- 축사 : 국제펜 한국본부, 손해일 부이사장 및 임병호 부이사
장님
　- 내빈초대 및 낭송 : 손해일, 임병호, 위상진, 김호경, 이은
별, 조정애. 가영심 시인 등

* 2016.01.11. : 부산해운대 동백섬(누리마루) 詩걸이 행사논의
　　　　　　　　해운대 구청 방문
* 2016.01.06일 ~ 4월 까지 :월간문학 등단 시인(2016년도 월
　　　　　　　　간문학 등단) 미래시 가입토록 누차 공문 발
　　　　　　　　송 및 전화
* 2016.01.21. : 서영숙 총무, 한국문협 무주지부 6대 회장
　　　　　　　　선임
* 2016.01.28. : 서영숙 총무, 열린시문학회 9대 회장 선임
* 2016.04.30. : 미래시 시인회 제37호 사화집 원고 발송 공문
* 2016.05.15. : 김현지 고문 『그늘 한 평』 시집 발간
* 2016.06.01. : 2016년 〈미래시 시인회 동백섬 야외 시걸이
　　　　　　　　전시〉 개최
　　- 참여회원 : 권경식, 권분자, 김규은, 김광자, 김만복, 김미
　　　　　　　　윤, 김정원, 김현숙, 김현지, 박찬송, 서영숙,
　　　　　　　　신옥철, 양은순, 임보선, 임화지, 정성수, 정재
　　　　　　　　희, 조명선, 진 진, 채수영, 허형만 등 21명
　　- 초대시인 : 손해일, 박상호 포함 : 15명
* 2016.06.01. : 시화걸이 설치 및 시화책자 배부
* 2016.06.01.~ 6. 30까지 : 시화걸이 감상, 중국, 일본인 관
　　　　　　　　광객(가이드 해설) 및 한국인 해운대시민 부
　　　　　　　　산시민 등 감상(약 15만명)
* 2016.06.02. : 시화걸이 개막(커팅): 김광자 회장, 해운대구
　　　　　　　　문화관광 과장(이정부), 김현숙 부회장, 서영
　　　　　　　　숙 총무, 양은순 고문 김현지 고문, 진진(제
　　　　　　　　주) 전 총무, 신옥철 친구들, 일반인 등
　　- 초대시인 : 노유정, 최인숙, 김선례, 이영숙, 김희님, 진국
　　　　　　　　자, 한효섭, 전해심, 최인숙, 이영숙, 박상호,
　　　　　　　　방옥산

　　－ 축사 : 해운대구청 문화관광 이정부 과장 (구청장 대리) 및
　　　　　구청 직원
　* 2016.06.30. : 오후 7시 시화걸이 철수
　* 2016.08.03. : 김광자 회장 제20회 〈한국해양문학상〉응모,
　　　　　　　　수상(장려상)
　* 2016.08.　　: 임백령시인 가입
　* 2016.08.　　: 박태순시인 가입
　* 2016.11.10. : 사화집 제37집 「고향풍경은 커피향의 추억거
　　　　　　　　리」 발간
　* 2016.12.~30.: 2016년도 감사 발기
　* 2016.12.~30.: 2017년도 총회준비 및 개최

미래시 시인회 정관

제1장 총 칙

제1조(명칭) 본회는 〈미래시시인회〉라 칭한다.

제2조(소재지) 본회 사무실은 서울, 부산 등 전국 어디에나 둘 수 있다. (서울 회장이면 서울에 사무실을 두고 부산 회장도 서울에 사무실을 둘 수 있다)

제3조(목적) 본회는 〈미래시시인회〉의 발전과 회원 상호간의 친목을 도모 하고, 문학의 저변 확대를 꾀하며, 보다 의욕적인 작품 활동을 돕고 국가와 지역사회의 정서 함양에 기여함을 그 목적으로 한다.

제4조(사업) 본회는 제3조의 '목적'을 위해 다음과 같은 사업을 한다.

1. 연1회 〈미래시시인회 사화집〉 발간
2. 사화집, 출판기념회, 문학기행, 세미나, 강연, 시낭송회, 시화전 등 그 밖의 다양한 시문학 행사를 개최한다.

제2장 회 원

제5조(구성 및 가입) 한국문인협회 기관지 『月刊文學』 신인상을 수상하여 등단한 시인 및 시조시인에 한하여 입회자격이 부여되며, 입회원서 제출 후 회장 및 고문들의 의결에 의해 가입할 수 있다.

제6조(임원) 임원은 회장, 고문으로 구성하되 오랜 불참고문은 의결권을 행사할 수 없다.

제7조(회원의 의무)

1. 회원은 사화집에 성실히 작품을 발표해야 한다.
2. 회원은 본회의 취지와 명예를 존중하며 총회에서 정한 회비를 납부해야 한다. (단, 입회 25년 80세 이상의 원로는 면제한다)

제8조(자격상실)

1. 탈퇴를 원할 경우 서면으로 본회에 통보한다.
   (단, 자격 상실 1년 경과 후 재가입서 제출로 총회의 의결에 의해 재가입할 수 있다)
2. 회원 상호간 물의를 야기한다거나, 본회의 명예를 손상시킨 회원은 회장 및 임원, 고문회의 의결을 거쳐 회원의 자격이 상실된다.
   ① 특별한 사유 없이 2회 이상 회비 납부 미납 및 미래시 사화집에 작품을 제출치 않을 경우에도 자격을 정지한다.
   ② 단, 이유서를 제출한 회원은 위 2항 ① 에 해당하지 않는다.

제3장 총 회

제9조(구성) 총회는 본회의 최고 의결기관이며 회원 참석 3/1 이상 찬성으로 의결한다.

1. 정기총회와 임시총회로 한다.
2. 정기총회는 연 1회에 한하며, 매년 1월에 개최한다.
3. 임시총회는 회장이 필요한 안건이 있거나, 회원 1/3 이상의 요구 또는 임원회의 요구가 있을 때 회장이 소집하고 그 의장이 된다.

제10조(총회의 기능) 총회에서는 다음 사항을 의결한다.

1. 회칙의 제정 및 개정
2. 회무 결산 및 제반 사업 보고
3. 결산 및 예산 사업계획
4. 임원 선출, 개선 및 기타
   ① 본회는 『月刊文學』 출신으로 전국적으로 분포되어
   있어 함께 한번에 모이기가 힘들어 각종 행사 때
   본회 발전을 위한 안건을 의논하여 결정하고 예고
   할 수 있다.

제11조(정족수) 별도 규정이 없는 한 모든 회의는 재적 과반
수로 하고 참석 과반수의 찬성으로 의결한다.

제4장 임원 및 사업

제12조(임원 정족수) 회장 1명, 부회장 2명, 이사 5명, 총무
1명, 감사 2명 이내로 한다.

제13조(임기) 회장 및 임원의 임기는 2년 단임으로 한다. 결
원이 생길 경우 총회 및 임시총회에서 보선하고 보선의
경우 잔여 임기로 한다.

(단, 보선의 경우는 차기 집행부에서 연임할 수 있다)

제14조(임원의 기능) 임원의 의무와 권한은 다음과 같다.

1. 회장은 본회를 대표하며 회무를 총괄한다.
2. 부회장은 회장을 보좌하고 유고시 직무를 대행한다.
3. 감사는 재정 기타 운영에 관한 사항을 감사하여 총회
   에 보고한다.
4. 이사는 회장의 자문에 응하며, 중요한 사안을 건의, 조
   정, 의결한다.
5. 총무는 회장을 보필하고, 회무를 관장한다.

제15조(임원회의) 임원회의는 총회의 의결 사항을 제외한 다

음 각 호의 안건을 관장한다.

1. 사업계획 수립 및 추진에 관한 사항
2. 회원의 자격에 관한 사항
3. 총회에 상정할 안건
4. 기타

제16조(임원 선출) 회장은 총회에서 추대로 선출하고 감사
는 추대로 하되 후보자가 3인 이상일 때는 무기명 투표
로 한다.

제5장 재 정

제17조(재정) 본회의 재정은 회원의 회비, 입회비, 찬조금,
광고비, 보조금 및 기타 수입으로 충당한다.

1. 통장은 회장의 명의와 본회의 관인으로 개설하고 회장
   이 관리한다.
2. 업무상 회장의 지시로 총무가 관리하되 사고 발생 시
   에는 회장이 책임을 지고 변상해야 한다.

제18조(회계)

1. 본회의 회계 연도는 당년 총회 1개월 전까지로 한다.
   (단, 본회의 회계연도는 정부의 회계연도에 따른다. 당
   해 12월 말일)
2. 수입, 지출은 제14조에 의해 운영한다.

제19조(회계 감사) 감사는 본회의 수입 지출에 관한 회계 업
무를 감사한다.

1. 당대 총회 개최 1개월 전까지 전년도의 수입 지출의
   회계업무를 감사한 후 이를 총회에 보고한다.

제20조(회원 회비) 회원 100,000원, 신입회원 입회비 50,000
원으로 한다.

1. 사화집 발간, 회원 간의 친목을 도모하기 위해 당사자
   의 길흉사에 협조한다.
   ① 당해 연도 1회에 해당하되 대형 화환비에 준하는
      70,000원 금액을 지급한다.
   ② 수상, 저서 발간 및 경조사 등에 협조한다.
   ③ 단, 회비 미납일 경우에는 제8조 및 17조항의 적용
      을 받을 수 없다.

부 칙

1. 이 정관은 2002년 5월 20일 개정 및 제정한 날로부터 그
   효력을 발생한다.
2. 본 회칙은 2015년 3월 20일 임시총회에서 개정이 의결된
   날로부터 그 효력을 발생한다. (2015년 3월 20일 2차 개
   정)
3. 본 정관은 2015년 3월20일 개정 및 제정한 날로부터 그
   효력을 발생한다. (2015년 3월 20일 3차 개정)
4. 본 회칙에 명기되어 있지 않은 사항은 일반 통상 관례에
   준한다.

미래시 역대 회장단

제 1 대	채 수 영	1981년 서울
제 2 대	정 성 수	1984년 서울
제 3 대	김 남 환	1986년 서울
제 4 대	이 영 춘	1988년 강원
제 5 대	허 형 만	1990년 목포
제 6 대	구 영 주	1992년 서울
제 7 대	양 은 순	1994년 부산
제 8 대	김 영 훈	1996년 서울
제 9 대	김 종 섭	1998년 경주
제 10 대	장 렬	2000년 서울
제 11 대	김 정 원	2002년 서울
제 12 대	이 상 인	2004년 고창
제 13 대	정 재 희	2006년 서울
제 14 대	오 덕 교	2008년 서울
제 15 대	김 규 은	2011년 서울
제 16 대	김 현 지	2013년 서울
제 17 대	김 광 자	2015년 부산

미래시 시인회 주소록

성명	우편번호	주소	전화번호	이메일	비고
권경식	51425	경남 창원시 성산구 반송로177, 210동804호 반림동, 현대2차Ⓐ	055-321-7698 010-4380-7698	kgb6914 @hanmail.net	
권분자	41572	대구시 북구 복현로 71 블루밍블라운스톤 명문세가 1차 104동 802호	053-382-0137 010-2263-0188	kbjlove6088 @hanmail.net	
김경실	05372	서울시 강동구 풍성로 61길 10-14, 302호 (둔촌동, 그랜드Ⓐ)	02-4738-8754 010-7963-1003	web46 @hanmail.net	
김광자	48114	부산시 해운대구 좌동순환로 433번길 30 202-2801(중동, 해운대힐스데이트 위브)	051-742-0742 011-881-0742	kseljin0742 @hanmail.net	회장
김규은	05373	서울시 강동구 천호대로 1132-18 1동 504호(생내동 용병브리지 2차아파트))	02-477-5343 010-2496-5343	kyueunk @hanmail.net	고문
김남환	03936	서울시 마포구 월드컵북로 235(성산시영A) 27동 302호	02-338-7582 010-3752-9582		고문
김만복	44619	울산시 남구 대학로1번길 29 (무거동 우신고등학교)	052-257-6414 010-9800-6733	kmbc12 @naver.com	
김미녀	05823	서울시 송파구 동남로193, 202동 408호 (가락동, 쌍용Ⓐ)	02-449-6460 010-5674-6460	meenyu62 @naver.com	이사
김미윤	51741	경남 창원시 마산합포구 문화동7길 23, 103동1101호 (창포1가 ,동성Ⓐ)	055-242-1194 010-2585-1194	mykim1194 @hanmail.net)	이사
김병만	10402	경기도고양시 일산동구 호수로606,1015호, (장항동,코오롱레이크폴리스)	031-907-0518 010-4227-3383	bmpoem @hanmail.net	
김영은	12500	경기도 양평군 서종면 노문길 29 (노문리 592-2)	010-3701-8222	poet-eun @hanmail.net	이사
김영훈	03035	서울시 종로구 자하문로 65(옥인동) 김영훈 치과	02-735-8146 010-7115-8146	blonkim @hanmail.net	고문
김의식	12039	경기도 남양주시 오남읍 진건오남로580번길 5-12 (오남리, 대한아파트) 101동 1403호	031-527-1638 010-8631-4944	ry5013 @hanmail.net	감사
김정원	13476	경기도 성남시 분당구 판교로 147, 1103동 804호(현대힐스데이트 11단지) 김정숙	031-781-0504 010-3356-0504	wooajnee @hanmail.net	고문
김종섭	38143	경북 경주시 금성로 319번길 24-1(성건동)	054-772-1025 010-3466-9103	kimhupo @hanmail.net	고문
김현숙	15251	경기도 안산시 단원구 화정천동로 1안길 19 (와동) 402호	010-9250-2701	forward0730 @hanmail.net	부회장
김현지	07071	서울시 동작구 보라매로5가길 16동 3602호 (신대방동, 보라매 아카데미)	02-832-1292 010-3663-1292	poapull l@hanmail.net	고문

박종구	37680	경북 포항시 남구 대이로 102, 111-1505호 (대잠동, 이동현대홈타운아파트)	054-277-6151 010-9390-1269	musman56 @hanmail.net	
박종철	01847	서울특별시 노원구 동일로176길 39-12 101-108호 (공릉동, 현대아파트)	02-978-4002 010-5691-4002	parkjc0615 @hanmail.net	
박찬송	05509	서울특별시 송파구 올림픽로 33길 17 7동 1005호 (신천동, 미성아파트)	02-415-4583 010-9553-4583	chansong58 @hanmail.net	
박태순	58604	전남 목포시 지적로 40	010-5232-1665	ppp49 @hanmail.net	
서영숙	55501	전북 무주군 부남면 대홍로 36	063-322-0075 010-9413-0075	muju508 @hanmail.net	총무
신군자	31473	충남 아산시 배방읍 온천대로 2358 (세교리, 신라아파트), 101동 316호	041-556-8662 010-4645-8662	tohyang @daum.net	
신옥철	15538	경기도 안산시 상록구 샘골로 148 101-108 (본오동, 한미상가) 302호	031-408-0320 010-2632-2801	okchul0320 @naver.com	
이상인	62067	광주광역시 서구 풍암2로 66 201-1204 (풍암동, 금호2차아파트)	063-563-2287 010-3112-2287	lsiing @yahoo.co.kr	고문
이영춘	24414	강원도 춘천시 지석로 67 210-202 (석사동, 현진에버빌2차)	033-254-7356 010-6377-7356	lycart @hanmail.net	고문
이은재	41968	대구광역시 중구 중앙대로61길 20(남산동) 도서출판 그루	053-253-7872 010-6784-7872	guroow @naver.com	감사
이한영	13614	경기도 성남시 분당구 정자일로 72, 303-1302호 (한라 APT)	031-604-7686 010-8036-7686	aloolia @hanmail.net	
이현명	04775	서울특별시 성동구 성덕정길 92 (성수동2가)401호	02-466-9978 011-9119-8773	carol0713 @hanmail.net	
이희자	04628	서울시 중구 회계로26길 65. 문학의 집 서울	031-577-1618 010-6855-1618	lheejaa @nate.com	
임만근	13499	성남시 분당구 장미로101(야탑동,장미마을), 현대아파트 822동 1305호	010-4156-4772	asong157 @hanmail.net	
임백령	54546	전북 익산시 하나로13길 우남그랜드타운 106동 207호	063-841-3821 010-2535-6535	gulbong @naver.com	
임보선	04612	서울시 중구 퇴계로362(신당동) 우신히트텍(양태아)	02-2232-9296 010-6565-8358	bos6954 @hanmail.net	이사
임화지	12276	경기도 남양주시 외부읍 덕소로 286-1 건영리버파크 103-1602호	031-521-0778 010-5328-9144	ZXX7942 @naver.com	
장 렬	26367	강원도 원주시 문막읍 동화초교길 31, 1동 909호(동화리, 문막이화911대ⓐ)	070-4144-5703 010-3327-5703	yoll2222 @hanmail.net	고문
정남채	24513	강원도 양구군 양구읍 죽곡로 73번길 2-12 (죽곡리, 백두산아파트) A동 104호	010-8720-5211	jnc2560 @hanmail.net	
정성수	12540	경기도 양평군 양동면 솔치길97(삼산리, 현갤러리)	031-772-2970 010-9253-2977	chungpoet @naver.com	고문

정재희	16325	경기도 수원시 장안구 덕영대로535번길 67, 721동103호(비단마을 영풍마드레빌)	031-308-9885 010-3936-9885	sohea-jung @hanmail.net	고문
정형택	57058	전남 영광군 불갑면 불갑사로348(모악리) 불갑사사설자구내	061-690-3247 010-3607-8208	asum12 @hanmail.net	
조명선	42130	대구시 수성구 명덕로 368, 101-1316 (수성동 117가 우방한가람타운)	053-767-2814 010-8567-2814	myongsean @edunavi.kr	
조영수	25514	강원도 강릉시 교동광장로 138-15 203동 404호(교동현대2차Ⓐ)	033-646-3170 010-2763-3170	jys77 @hanmail.net	
진 진	63322	제주시 화심로 166, 505동 403호(삼화부영Ⓐ)	064-742-5350 010-6854-5350	msjcj52 @hanmail.net	이사
최한규	26217	강원도 영월군 남면 광천길 60-6 인광교회	033-375-1768 010-5578-9125	ede343 @naver.com	
채수영	17407	경기도 이천시 모가면 진상미로1589번길 57, 문사원	031-632-9578 010-3715-9792	poetchae @daum.net	고문
한필애	13802	경기도 과천시 관문로143, 1109동 901호 (중앙동, 래미안에코팰리스Ⓐ)	031-480-2799 010-3093-2799	480h2799 @hanmail.net	
허형만	13260	경기도 성남시 수정구 수정로289, 106동 1104호(신흥주공Ⓐ)	010-7558-0600	hhmpoet @hanmail.net	고문

제37집 사화집 편집을 마치면서

회원 원고마감, 회원 시 해설 등 편집초기에는 폭염이 연일 불을 질렀다. 독기 푸른 나무들이 땀방울을 훔치고 잎사귀 마다 갈증을 풀어내는 병신년 여름은 지루 했다.

여름이 가고 가을이 와서 미래시 제37집 사화집 결실을 맺으니 새삼 되돌아 봐진다. 야외 시화전시회의 행사화보, 회원인물 사진게재, 주소록 재정리, 연역 잇기, 회칙, 회원의 시 해설, 특집원고 등 편집은 다양했다. 또한 회원원고 지면확보(원고료 有) 섭외, 광고스폰서 섭외 등 다달이 바빴다.

동백섬 야외 시화전 개통식에 일부회원의 참석(제주도, 서울, 창원, 전북 등)은 미래시에 대한 협동과 애정으로 지역의 문인들로 하여금 부러움을 사기도 했다. 더불어 협찬, 격려를 아끼지 않는 회원들과 부산지역 시인의 참여로 새 힘이 솟곤 했다. 야외 詩畵전은 생각 외로 성황리에서 끝나 미래시 위상의 홍보로서 성공이었다.

또한 반가운 소식은 신입 회원 임백령 시인(교사)과 박태순 시인(사진작가) 회원의 영입은 미래시인회의 발전에 더 깊은 뿌리로 한 몫을 할 분들로 환영하며 그 기쁨이 가득하다.

*원고를 내어준 회원님들의 재결집을 새기면서 매우 바쁜(미국, 일본강연) 와중에도 해설을 해주신 이덕화 교수(평론)님 고맙습니다. 또한 본회를 위해 협조해주신 손해일 국제펜 부이사장님 및 금융BNK와 신태양건설에 깊이 감사드립니다.

끝으로 멀리서 2년 동안 고생한 서영숙 총무님, 미래시시인회에 한 추억으로 새깁니다. 수고 많았습니다. 수고를 함께 한 모든 것도 마지막 임기의 결실입니다.

회원 여러분, 사화집 37집 옥고에 깊이 감사하며 가내 평안과 열심히 하는 창작에서 더욱 빛나는 문운이 깃드시길 기원합니다.
고맙습니다.

- 광, 영-

고향풍경은 커피향의 추억거리

미래시 시인회 사화집 제37집

초 판 인 쇄   2016년 11월 5일
초 판 발 행   2016년 11월 10일

지 은 이   김광자 외
발 행 인   배재도
발 행 처   도서출판 작가마을
등   록   2002년 8월29일(제2002-000012호)
주   소   부산시 중구 대청로 141번길 15-1 대륙빌딩 301호
전   화   051-248-4145
팩   스   051-248-0723
이 메 일   seepoet@hanmail.net

값 12,000원

국립중앙도서관 출판예정도서목록(CIP)

고향풍경은 커피향의 추억거리 / 지은이 : 김광자 외. ―
부산 : 작가마을, 2016
    p. ;   cm. ― (미래시시인회 사화집 ; 제37집)
ISBN 979-11-5606-062-8 03810 : ₩12000
한국 현대시 [韓國現代詩]
811.7-KDC6
895.715-DDC23   CIP2016026501

이 도서의 국립중앙도서관 출판예정도서목록(CIP)은 서지정보유통
지원시스템 홈페이지(http://seoji.nl.go.kr)와 국가자료공동목록시스템
(http://www.nl.go.kr/kolisnet)에서 이용하실 수 있습니다.
(CIP제어번호: CIP2016026501)